이미테이션과 극채색의 그레이

imitation and brilliant gray

loundraw

2018-06-18

하늘에 주홍빛이 섞이기 시작했다. 나는 거의 뛰다시피 속도를 내어 주택가를 가로질렀다.

여기 오기까지 오랜 시간이 걸렸다.

돌이켜보면 그녀가 나를 인도한 것이리라. 기적적인 만남이 자아낸 오늘은 가짜였던 나에게 그토록 절실하게 가르쳐주었다.

살아간다는 것을.

용서한다는 것을.

용서받는다는 것을.

확신은 없다. 하지만 이렇게 8년 만에 그곳으로 향하는 나 자신이 바로 그 대답이나 다름없을 테지.

그녀는 틀림없이 기다리고 있으리라.

전하고 싶은 것이 있다. 그 선명한 기억이 빛바래기 전에.

슬픔을 깊숙이 묻어둔 채, 나는 모르는 척 걸음을 재촉했다.

중학생이었던 그 시절보다 그만큼은 어른이 된 모양이다.

2010-06-08

언젠가 맺혔던 물방울이 말라붙어 유리창에 희뿌연 얼룩을 남겼다. 비조차 깨끗하지 않다면 이 세상에 투명한 것 따위 존재하지 않을 테지. 턱을 괴고 창밖을 바라보는데, 영어 교사가 내 이름을 불렀다.

"자, 그럼…… 야마우라."

"네."

교실에 의자 빼는 소리가 울려 퍼졌다.

"이것 좀 읽어봐라."

그렇게 말하며 교사가 턱짓으로 가리킨 곳에는 짧은 영어 문장이 적혀 있었다.

It is difficult for me to imitate her moves.

부정사 단원까지 진도가 나간 모양이다. 나는 그 문장을 소리 내어 읽었다. 어눌하지도 않고 유창하지도 않게, 발음이 최대한 튀지 않게 하려고 애쓰며.

"잇 이즈, 디피컬트 포 미, 투 이미테이트, 허 무브스."

"좋아. 해석은?"

의미를 묻는 바람에 나는 기억을 더듬었다.

Imitation.

모방, 흉내, 가짜.

진짜가 아닌 것.

"나는 그녀의 동작을 흉내 내기가 어렵다."

"잘했어."

교사가 고개를 끄덕였으므로 살며시 의자를 빼서 앉았다. 공책에 대고 꾹 누른 샤프심은 소리조차 없이 어디론가 사라졌다.

어른들은 모른다.

우리는 어처구니없을 만큼 시시한 이유로 누군가를 미워할 수 있다. 똑똑한 척한다든가 영어 발음을 굴린다든가 하는 이유만으로도 충분하다. 그래서 교사가 나를 아무리 지목하고 열심히 학원에 다녀도 내 신통찮은 발음은 개선되지 않을 테고, 개선할 마음도 없었다. 번거롭기는 해도 그게 가장 무난하니까.

그런 나날의 반복이었지만, 내게는 그 시간이 전부였다.

그날 처음으로 학원을 빼먹었다.

말이 그렇지 사실 학원에 가기는 했다. 초봄에 치른 모의고사 시험지를 가방에 넣고서 수학 수업을 들을 때였다. 2차 방정식을 풀던 펜 끝이 갑자기 묵직해졌다. 또냐. 무시하고 계속해서 문제를 풀어나가다 보니 나중에는 아예 손이 움직이지 않았다.

옛날부터 가끔 손이 떨릴 때가 있었다. 그 저릿한 감각은 항상 수업시간이나 친구들과 함께 있을 때에만 느껴졌지만, 조금 있으면 어느새 멀쩡해지고는 했기 때문에 단순한 근육 경련이라고만 여겼다.

그러나 이번에는 그 정도로 끝나지 않을 눈치였다.

"야마우라, 괜찮아?"

수학 강사가 내 얼굴을 들여다보며 물었다. 다른 수강생들은 그

때 나를 보고 얼굴이 흙빛이라 쓰러지는 게 아닌가 걱정했다고 한다. 실제로는 냉정해서 조금 쉬면 나아지겠거니 할 정도의 여유는 있었지만, 무의식적으로 대답하고 말았다.

"죄송합니다. 몸이 안 좋아서 집에 가야겠어요."

학원에서 나와 차가 길게 늘어선 대교 아래쪽 강가로 내려왔다. 어중간하게 드리운 그림자가 신선하게 느껴져, 이렇게 이른 시간에 귀가하는 것도 오랜만임을 깨달았다. 싱그러운 여름풀 냄새에 차츰 기분이 나아졌다. 이제 어쩌지? 곧장 돌아갈 마음이 나지 않아 평소와 다른 길을 하염없이 걸었다. 30분쯤 걸려 도착한 옆 동네 상점가는 때마침 장을 볼 시간대라, 손을 잡고 엄마를 따라가는 행복한 표정의 어린아이와 눈이 마주쳤다.

엄마는 내 인생 설계에 필사적이다.

시키는 대로 열심히 공부해서 좋은 중학교에 입학했다. 다음은 고등학교고 그다음은 대학교, 마지막은 취직이겠지. 성적표 등수가 올라갈 때마다 엄마는 "이 상태면 문제없겠구나."라며 만족스러운 표정을 지었다. 그러나 나는 마냥 기쁘지만은 않았다. 그렇게 노력해서 취직하고 나면 그 후에는 대체 어떤 미래가 기다리는 걸까? 그렇게 어정쩡한 마음가짐으로 학원에 다니면서도 엄마를 실망시키고 싶지도 않으니, 나한테는 분명 문제가 있다.

걷어찬 돌멩이가 아스팔트 바닥에 튕기고 용수로로 떨어졌다. 지난번 모의고사 성적을 보면 엄마는 또 기뻐하겠지. 그리고 매번 그렇듯 내가 좋아하는 반찬을 해줄 것이다. 저녁 메뉴는 십중팔구 햄버그스테이크일 테고.

마음 가는 대로 즐기던 산책도 막바지에 접어들었다. 집에서 늘 보이던 저층 아파트 단지를 빠져나가자, 주택가 골목 틈새에서 작은 놀이터가 모습을 드러냈다. 구멍 뚫린 펜스와 잡초가 자라난 모래밭 구석에 노란 그네가 두 개 있었다. 걸터앉자 삐거걱 녹슨 소리가 났다.

연립주택 너머로 해가 지거든 돌아가자. 다리를 축 늘어뜨린 채 놀이기구 사이로 새어나오는 꺅꺅대는 소리를 멍하니 들었다. 초등학생들이 술래잡기에 한창이었다. 놀이터가 비좁다는 듯 신나게 뛰어노는 아이들의 몸놀림은 경쾌했고, 그림자를 쫓아다니느라 여념이 없었다.

그 실루엣이 한없이 먼 존재처럼 느껴졌다. 저녁 해가 급수탑에 걸린 후에도 나는 한참동안 바닥만 쳐다보았다. 그러다 마침내 마음을 다잡고 일어서려 했을 때였다.

찰칵.

뒤에서 이질적인 소리가 들려왔다. 무심코 뒤돌아보았다.

그곳에 서 있는 사람이 눈에 들어왔다.

얼굴이 보이지 않는 것은 카메라를 들고 있기 때문임을 깨달았다. 빨려 들어갈 듯한 무지갯빛 렌즈에 얼빠진 표정을 한 내 모습이 비쳤다.

"아, 미안해."

그 사람은 낭랑한 목소리로 작게 사과하며 카메라를 내렸다.

소녀였다. 자연스럽게 예쁘다는 생각이 들었다. 깊고 푸른 눈동자가 나를 보며 장난기 어린 미소를 지었다. 비스듬히 기울인 목덜미에서 밝은 색을 띤 긴 머리카락이 사라락 흘러내렸다.

“있잖아.”

“……네.”

“옆에 앉아도 돼?”

가느다란 손가락이 그네를 가리켰다. 나는 일단 고개를 끄덕였다.

“와아, 고마워.”

그녀는 반색을 하며 털썩 그네에 앉았다.

“저녁때가 되면 이런저런 일들이 떠올라.”

눈을 지그시 감고 하늘을 향해 고개를 든 그녀가 중얼거렸다. 고등학생쯤 되려나? 어른스러운 분위기가 감돌았다.

“근데 너 뭔가 안 좋은 일이라도 있었어?”

“왜요?”

“왠지 어두운 표정을 하고 있길래.”

“……그런 적 없는데요.”

“에이, 아닌 거 같은데? 뭐 내가 착각한 거라면 다행이지만.”

그녀가 고개를 숙이자 발치에 그림자가 드리웠다. 혹시 나 때문에 기분이 상했나 싶었지만, 그렇지는 않았던 모양이다. 그녀는 경쾌하게 콧노래를 흥얼거리기 시작했다. 이름은 모르지만 들어본 기억이 있는 일본 노래였다. 그 표정은 아까와 딴판으로 유쾌해보여서, 어떤 사람인지 좀처럼 감이 잡히지 않았다.

"……저기요."

"왜?"

"실례인지도 모르지만, 뭐하는 분이세요?"

"응? 나? 글쎄, 카메라맨 분이려나?"

흠집이 난 비싸 보이는 카메라를 들어 보이며 그녀가 의기양양하게 미소 지었다.

"아뇨, 그런 말이 아니라……."

"난 사진 찍는 게 삶의 보람이거든."

"아, 네에……."

"다양한 사람들과 풍경을 접하는 게 좋아. 얼마 전에 이 동네에 온 참이라, 한동안 머물면서 이것저것 둘러보는 중이야."

뒤이어 그녀는 묻지도 않은 이야기를 늘어놓기 시작했다. 듣자 하니 저 작은 카메라를 벗삼아 일본 전역을 누비고 다니는 모양이었다. 학교나 여비는 어떻게 해결하는 걸까? 소박한 의문은 아까보다 밝아진 그녀의 목소리에 지워져갔다. 아무래도 거짓말은 아닌 눈치였다. 손짓발짓을 섞어가며 숨 돌릴 틈도 없이 이야기에 몰두하는 그 모습은 정말로 즐거워 보였다.

"……대왕 삼나무라는 엄청나게 큰 나무가 산속에 있어서, 그걸 같이 보러 가기로 했거든. 그 애는 몸이 아파서 딱 하루밖에 자유롭게 쓸 수 있는 시간이 없었어. 그래도 도저히 포기할 수 없어서 새벽 다섯 시에 단둘이서 출발했다니까?"

"……새벽 다섯 시요?"

그녀가 연달아 풀어놓는 비일상적인 이야기에 나는 어느새 푹 빠져들었다. 하나같이 원해도 얻기 힘든 경험뿐이어서, 그중에는 단 하루도 똑같은 날은 없을 듯했다. 그녀가 사는 세상이 내게는 한없이 눈부시게만 느껴졌다.

"고생은 좀 했지만 가기를 잘했어. 정말 놀랄 만큼 거대했거든! 내가 스무 명 있어도 빙 둘러싸지 못할 만큼!"

"저기, 죄송해요."

"응?"

"전 이제 슬슬 가봐야 할 거 같아요."

두 팔을 활짝 벌리고 어리둥절한 표정을 짓는 그녀를 가로등 불빛이 비추었다. 열기가 가신 하늘은 쪽빛으로 가라앉았고, 술래잡기를 하던 아이들도 어느새 해산한 후였다. 주위를 둘러보던 그녀가 팔꿈치 위쪽을 쓸며 중얼거렸다.

"그렇구나. 어느새 시간이 이렇게 됐네."

"듣는 거 재미있었어요."

"정말? 그렇다니 이야기한 보람이 있는데?"

내 말에 그녀는 기쁜 듯 미소 지으며 그네에 살짝 머리를 기댔다.

아마 이 사람은 나하고 닮은 구석이 전혀 없으리라.

별것 아닌 일로 고민한다거나 망설이지 않고, 자기 뜻대로 살아가겠지. 그렇게 단순명쾌하게 살 수 있다면 얼마나 행복할까. 부러우면서도 씁쓸한 심정으로 나는 가방을 멨다.

"그럼 이만 가볼게요."

"앗, 잠깐만!"

다급한 목소리가 들려왔다. 뒤돌아보니 그녀는 앉은 채로 카메라를 겨누고 있었다. 무지갯빛 눈동자가 깜빡였다.

찰칵.

"……근사하게 찍힌 거 같은데?"

그녀는 뽐내듯 몸을 뒤로 젖히고 눈을 크게 떴다.

"그럴 리가……."

"아이참, 내 말 좀 믿어보라니까. 현상하면 너한테도 줄 테니까. 알았지?"

"아, 네에……."

"기대해도 좋아. 그럼 조심해서 들어가."

놀이터를 나서기 직전에 다시 한 번 시선이 마주치자, 그녀는 양손을 흔들며 외쳤다.

"또 봐!"

나는 얼떨결에 마주 손을 흔들었다. 저녁 반찬은 햄버그스테이크였다.

"또 봐"의 유효기간은 언제까지일까.

무수한 "또 봐"가 그대로 남겨진다. 공부하자, 같이 놀자, 게임하자. 이루어지지 못한 그 약속들은 점차 퇴색되어 끝내는 없었던 일이 되어버리고 만다. 그러니 하물며 첫 만남인 그녀와 나눈 약속은 더 말해 무엇 하겠는가. 그날 이후로 벌써 2주 가까운 시간이 흘렀다.

"야마우라, 넌 어떤 TV 프로그램을 좋아해?"

청소가 끝나갈 무렵 층계참을 쓸고 있는데 나가노가 불쑥 물었다. 하복으로 변경된 첫 주에 이미 여름을 맞이한 포니테일의 나가노에게 나는 구태여 기억을 더듬어볼 필요도 없이 대답했다.

"요새는 TV를 잘 안 봐. 학원 다니느라 바빠서."

그래서 더더욱 그녀와 나눈 약속의 행방이 신경 쓰였다. 그 놀이터는 평소에 내가 하교하는 길에서 멀었다. 지난 주말에 딱 한 번 가보기는 했지만, 그때는 모래밭에서 노는 가족들밖에 없었다. 이대로는 잊히고 만다. 그 "또 봐"는 머지않아 효력을 상실한다.

"그렇구나. 하긴 야마우라 넌 똑똑하니까."

흠흠 고개를 끄덕이며 대걸레에 묻은 먼지를 털어내던 나가노가 말을 이었다.

"그래서 선생님이 널 자주 시키니까, 나까지 긴장된단 말이야."

말을 마친 나가노가 웃었다. 나가노는 내 뒷자리다. 쉬는 시간에 내 등을 콕콕 찔러 모르는 문제를 물어보고는 하는데, 솔직히 조금 성가시게 느껴질 때도 있었다.

"별로 안 똑똑해. 그냥 보통이라고."

"보통은 무슨! 시험만 봤다 하면 늘 한자리 등수잖아."

"저번 시험은 실수해서 돌려받는 게 무서울 정도인걸."

"엄살은. 그래봤자 어차피 점수 잘 받았을 거면서. 다음에 시험 칠 땐 몰래 보여줘, 알았지?"

예비종 소리에 묻혀 못 들은 척하고 뒷정리에 착수했다. 내가 쓰레받기를 비우고 왔을 때도 나가노는 여전히 대걸레를 만지작거리고 있었다. 또다시 영양가 없는 잡담이 이어졌다.

"난 월요일 9시 드라마를 즐겨 봐."

"그래?"

"타이시, 무슨 이야기 하냐?"

그렇게 말하며 복도 저편에서 료타와 나오키가 다가왔다. 축구부원인 나오키는 이럴 때도 공 대신 걸레로 리프팅을 했다.

"하지 마, 나오키. 더럽잖아."

"네네, 알겠습니다요. 하여튼 나가노는 진짜 깐깐하다니까. 이런 애가 옆자리라니 살맛이 안 난다고."

"됐고, 타이시. 너희들 무슨 이야기하고 있었냐?"

"좋아하는 TV 프로그램."

"아하, 난 몰래카메라처럼 개그맨을 속여 넘기는 게 좋더라."

"나도! 눈가리개 하고 차로 100km 이동하는 거 보고 진짜 배꼽 빠지게 웃었다니까!"

신나게 떠드는 료타 일행을 내버려두고 층계참으로 시선을 향하자, 그곳에는 여전히 청소용 양동이가 놓여 있었다. 난간 담당인 미나미도, 벽 담당인 혼다도 하나같이 못 본 척하고 그냥 지나쳤다. 나가노가 내 어깨를 탁 치며 입을 열었다.

"야마우라, 너도 다음 주에 하는 영화 프로그램 볼 거지? 나 그 영화 진짜 좋아하거든!"

정리하려던 쓰레받기가 손에서 미끄러져 바닥으로 떨어지며 요란한 소리를 냈다. 또다. 나는 료타 일행으로부터 등을 돌리고 떨리는 손끝을 감추며 쓰레받기를 주웠다. 가만 있자, 무슨 이야기를 하는 중이었더라? 맞다, 영화 이야기였지.

"……하긴 그 시리즈가 재미있기는 하지. 나도 볼까?"

"나중에 감상 들려줘."

"응. 보면."

적당히 대꾸하고 양동이를 챙겨 계단을 내려갔다. 세 사람은 아직 뒤처리할 게 남았다는 듯 끝까지 청소도구를 치우지 않았다. 그래서 매번 내가 정리해야 했다. 양동이를 발견한 담임이 야단친 지 얼마 되지도 않았는데 말이다. 출렁대는 구정물이 무거웠다.

나쁜 일은 한꺼번에 닥쳐오는 모양이다. 종례시간에 넘겨받은 시험 성적은 여태까지 본 것 중 최악이었다.

"이러면 지망하는 고등학교도 불안해."

부담임인 영어 교사가 괜한 오지랖을 부렸다. 수업 진행이 편하다는 이유로 번번이 나만 시켜대는 무책임한 인간 주제에 이럴 때만 교사 행세 하지 마. 대놓고 쏘아붙여줄까 했으나, 그럴 만큼 설득력 있는 점수도 아니었기에 나는 얌전히 학원에 남아서 복습을 했다.

"다녀왔습니다."

집 앞에 도착해서 현관문을 열었다. 어두운 통로 모퉁이에서 새어나오는 불빛에 가방을 내려놓고 거실로 가보니 엄마가 저녁상을 차리는 중이었다.

"왔니?"

"응. 아빠는?"

"오늘은 늦으신다는구나."

"그래?"

커튼을 쳐놓은 방에 밥상이 차려졌다. 내가 싫어하는 생강무침과 고등어 된장조림이 식탁에 놓여 있었다. 내가 차를 따르는 사이 엄마가 밥을 퍼서 식사 준비가 끝났다.

"잘 먹겠습니다."

그렇게 말하며 손을 모았고, 불편한 시간이 시작되었다.

"요즘 학교는 어떠니?"

"그냥 그래. 이제 곧 여름방학이고, 따분한 수업을 안 들어도 되니까 마음 편하기는 해."

우리의 대화는 단조롭다. ″수험생″과 ″자식을 응원하는 어머니″ 사이에서 오갈 법한 화제를 결코 벗어나지 않는다. 그 점이 오히려 그동안 애써 못 본 척해온 진실을 부각시키는 느낌이 들었다. 「새 게임 산 지도 한참 됐네.」 그렇게 무의미한 소리를 해보고 싶은 충동이 일었다. 단란함과는 거리가 먼 식사가 끝나갈 무렵, 밥그릇을 내려놓은 엄마가 무표정한 얼굴로 내 방 쪽을 곁눈질하며 입을 열었다.

"그러고 보니……."

신물 나게 들어온 첫마디에 올 것이 왔음을 깨달았다.

"슬슬 시험결과 나올 때가 되지 않았니?"

"……아, 맞다. 깜빡했어. 이따 보여줄게."

손에 쥔 젓가락이 딱딱 맞부딪히는 것을 애써 억누르며 능청스럽게 대꾸했다.

그 후에 먹은 밥은 아무 맛도 나지 않았다.

그릇을 정리하고 성적표를 식탁에 올려놓은 다음, 내 방 침대에 누워서 눈을 감았다. 5분쯤 지났을까. 거실 문이 열리는 소리가 났다. 이쪽으로 다가오던 발소리가 내 방 앞에서 멎었다. 침묵이 흘렀고, 이윽고 노크 소리와 함께 야단스러운 목소리가 들려왔다.

"타이시, 잠깐 엄마 좀 볼래?"

"지금 열어줄게."

바깥에 선 엄마의 얼굴에는 방안의 어둠보다 더 짙은 그늘이 드리워져 있었다. 나는 시선을 돌려 벽에 있는 스위치 언저리를 응시했다.

"왜?"

"왜인지 알잖아."

시야 한켠에서 종이가 팔락 나부꼈다. 그게 뭔지는 굳이 확인할 필요도 없었다.

"……그냥 부주의한 실수를 좀 한 것뿐이야. 앞으로는 더 조심할게."

"실수 좀 했다고 나올 점수가 아니잖니."

"세트 문항을 첫 문제부터 틀려서 그래. 지난번 학원 모의고사 성적은 괜찮았잖아."

"그래도 학교 성적은 한자리를 유지하도록 하렴. 학교 등수가 이러면 모의고사 결과가 아무리 잘 나와도 소용없으니까."

우리 반 애들을 바보 취급하는 듯한 말투였다. 대체 엄마가 뭘 안다고 그래?

"……알았어."

"요새 좀 기운이 없는 거 같은데, 무슨 일 있니?"

"없어."

"고민이 있으면 말해보렴. 학원 수업을 따라가기가 힘들면 엄마가 가서 상담해볼 테니까."

"됐어."

결국 또 학원 이야기다.

쉬고 싶다고 해봤자 엄마가 납득할 리 없다. 뭣보다 왜 대뜸 학원 이야기부터 꺼내는 건데? 빈말이라도 힘들면 좀 쉴래? 라고 물어봐주면 안 되냐고? 결국 엄마의 관심사는 입시 전쟁에 승리하는 것뿐이잖아. 어차피 나 따위…….

"다 타이시 네가 잘되기를 바라니까 하는 말이야. 나중에 후회하지 않도록 지금 할 수 있는 일은 지금 하도록 하렴."

그러니까 그게 무슨 소리냐고?

—다음에 시험 칠 땐 몰래 보여줘, 알았지?

왜들 그렇게 하나같이 이기적인 건데?

손이 떨렸다. 구역질과 분노가 치밀어 올랐다.

못해먹겠다.

다 밉다.

“이젠 지겨워.”

문 앞을 가로막고 선 몸을 거칠게 떠밀었다. 엄마가 넘어지는 소리가 들렸지만, 스니커즈를 꿰어 신고 집을 나섰다.

“타이시!”

현관을 뛰쳐나갔다. 눈물이 쏟아졌다. 스산한 거리를 그저 하염없이, 무언가로부터 도망치듯 달렸다. 정신없이 뛰는 사이 주위 풍경이 바뀌었고, 낯선 간선도로에서 걸음을 멈추었다. 빨간불이 눈을 찔렀고, 목구멍이 타들어가는 것처럼 아팠다. 불현듯 피로와 허탈감이 엄습해왔다.

이게 무슨 바보짓이람?

더는 움직이기 싫었다. 아무데도 가고 싶지 않았다. 집으로 돌아가기도 싫었고, 다시 뛰기도 귀찮았다. 뭐가 어찌되든 상관없다는 생각이 들기 시작했다.

다 사라져버렸으면 좋겠다.

그러면 훨씬 편할 텐데.

“위험해!”

누군가 내 팔을 세게 잡아당겼다. 코앞으로 자동차가 스쳐지나갔다. 고막이 터질 듯한 경적 소리와 함께 후미등 불빛이 어둠 속으로 흘러갔다. 눈 깜짝할 사이에 일어난 일이었다. 다시 고요함을 되찾은 횡단보도에 성난 목소리가 울려 퍼졌다.

"아직 빨간불인데 뭐하는 거야?! 자칫하면…… 어라?"

나를 붙잡은 사람은 놀이터에서 만난 소녀였다. 걱정 가득한 그 눈빛을 보고서야 방금 내가 무슨 짓을 하려고 했는지 깨달았다. 그녀는 나를 잡고 있던 손에서 힘을 빼고 빙그레 웃었다.

"우리 잠깐 산책 좀 할까?"

손가락이 떨어져나갔다. 신호는 아직 빨간불이었지만, 건널 마음은 들지 않았다.

거리의 불빛을 반사하는 수면 위로 강섬의 그림자가 띄엄띄엄 드리웠다. 강가는 마치 딴 세상처럼 검푸른 빛을 띠었고, 어디선가 풀벌레 소리가 들려왔다.

"오늘은 무슨 일 있는 거 맞지?"

먼 곳을 바라보는 그녀의 하얀 티셔츠가 어둠 속에서 빛났다. 나는 조금 뒤에서 그녀를 따라 걸었다. 추울 거라며 빌려준 카디건을 어깨에 걸치자 달콤한 냄새가 났다.

"아뇨, 별일 없었는데요."

"에이, 중학생은 보통 이런 시간에 안 돌아다니잖아."

웃음소리가 멎었다.

"나한테 말해봐. 들어줄게."

그녀가 불쑥 멈춰 서는 바람에 거리가 좁혀졌다. 고개를 들자, 입을 꾹 다문 진지한 얼굴이 어둠 속에서 나를 똑바로 응시하고 있었다.

이 사람이라면 이야기해도 괜찮지 않을까 하는 생각이 들었다.

나는 오늘 있었던 일을 그녀에게 들려주었다. 경위를 설명하다 보니 그 전에 있었던 사건도 털어놓아야 했다. 전부 내 안에 묻어두었던 이야기들이었다.

"……그랬구나."

"다들 자기중심적이고 번드르르한 말만 늘어놓고, 제멋대로예요. 반 애들은 딴 사람이 손해를 보는 줄도 몰라요. 엄마는 성적 말고는 관심이 없고요. 이젠 다 지긋지긋해요."

그칠 줄 모르고 흘러나오는 말들이 내 어두운 감정을 선명하게 그려냈다. "그렇구나." 하고 그녀는 허공을 향해 나직한 숨결을 흘렸다. 어느새 구름이 걷힌 하늘에 반달이 빠끔히 모습을 드러냈다.

"그래도 어머니는 사실 널 염려하시는 게 아닐까 싶은데."

"어째서요?"

"그야 매일 밥을 차려주신다며? 행복하지 않아? 집에서 기다려주는 사람이 있다니, 난 무척 부러운걸?"

"제가 잘못한 건가요?"

"그런 건 아닌데……."

설명하기가 힘드네. 그녀는 답답한 듯 머리카락을 쓸어 넘겼다.

"학교 이야기도 그렇고, 넌 참 주위를 세심하게 살피는 것 같아."

"차라리 눈에 안 띄면 속 편할 텐데요."

깨달아버리면 무시할 수는 없다. 게다가 어차피 다른 애들은 아무것도 안 하니까.

“그러면서도 그런 친구들이 엄마한테 무시당하는 건 싫다는 거잖아?”

“…….”

“감정이란 어렵구나.”

그렇게 말하며 고개를 숙이는 그 옆얼굴은 몹시 덧없는 분위기를 풍겨, 그녀를 슬프게 했다는 느낌이 들었다. 그래서 나는 서둘러 찾아 나섰다. 줄곧 가슴속에 품어온 이 딜레마의 정체를.

“아마 완벽하지 않으면 안 되나 봐요.”

무의식중에 흘러나온 말이었다. 하지만 그 분석은 놀라울 만큼 자연스럽게 내 안의 정답으로 자리 잡았다.

최대한 올바르게 살아가고 싶다. 누구에게나 그렇게 대하고 싶다. 그러지 않으면 어중간한 내 모습에 모두가 실망해서 발붙일 곳이 없어질 것 같았다.

내가 나로 있을 수 없게 될지도 모른다. 그 사실이 두려웠다.

“완벽이라…….”

그녀는 다시 성큼성큼 걸음을 옮겼다.

“내 생각에 넌 충분히 괜찮은 애 같은데?”

어둠 속에서 낭랑한 목소리가 울려 퍼졌다.

“난 너처럼 되지 못 하는걸? 누군가와 함께 있어도 내가 상대방을 얼마만큼 이해하고 있는지 자신이 없어. 이상한 소리를 해버린 건 아닐까 걱정되고, 미움 받는 게 무섭고, 맨날 쓸데없는 생각만

해. 처음에는 분명히 상대를 알고 싶다고 생각했을 텐데 늘 내 걱정만 하게 돼. 그런 점에서 넌 대단해. 한 발짝 더 나아가서 남을 배려할 줄 알잖아."

자신을 가져.

밝은 말인데도 어딘가 건조한 느낌이 들었다.

그런 생각을 하는 줄은 몰랐다. 그녀에게 친근감을 느끼는 한편으로 어딘가 가슴이 아팠다. 그녀가 항상 웃어주기를 바랐다. 만약 그 미소를 지키기 위해 내가 할 수 있는 일이 있다면…….

"……저기, 내가 뭐 이상한 소리라도 했니?"

당황한 기색으로 입을 가리는 그 모습이 우스워, 나는 그녀에게로 다가갔다.

"천만에요. 오히려 기운이 났는걸요?"

"뭐야, 사람 놀라게 하지 마."

그녀는 가슴을 쓸어내리며 난감한 기색으로 웃었다. 그리고 "그래도 다행이야."라며 내 등을 토닥여주었다.

아까 그 교차로에서 놀이터까지는 그렇게 멀지 않았다. 그녀는 다시 카디건을 걸치고 그네에 앉았다.

"아무튼 오늘은 이만 가봐. 엄마도 걱정하실 테니까. 아, 맞다."

그녀가 생각났다는 듯 숄더백에서 하얀 봉투를 꺼냈다. 봉하는 부분에는 은색 스티커가 붙어 있었다.

"이게 뭐예요?"

"네 사진. 전에 뽑아준다고 했잖아."

그녀는 만족스러운 기색으로 힘차게 기지개를 켰다.

"여기서 기다릴 테니까 또 놀러와. 너랑은 더 많이 이야기해보고 싶으니까."

"근데 전 학원에 가야 하는데요."

"매일?"

"네."

"그래? 그럼 어쩌지?"

그녀는 팔짱을 끼고 신음했다. 뭔가 좋은 방법이 없을까?

"……있잖아요, 계속 이 동네에 계실 거예요?"

"응. 아직 사진도 전혀 못 찍었고, 당분간은 여기 머물려고. 미리 알려주면 스케줄은 조정할 수 있는데, 뭔가 좋은 아이디어가 떠올랐어?"

"네. 혹시 다음 달 첫째 주 수요일까지 기다려주실 수 있나요?"

앞으로 3주일 후다. 그 사이에 모의고사와 학교 시험이 하나씩 잡혀 있었다.

"응. 7월 맞지?"

그녀는 날짜를 확인하고 기대된다며 생긋 웃었다. 그리고 손을 흔들며 나를 배웅했다.

"그럼 그때 봐!"

그 환한 미소를 실망시키고 싶지 않았다.

집에 돌아가니 새파랗게 질린 엄마가 기다리고 있었다. 어눌하게 사과하고 방으로 들어갔다. 괜찮다. 약속은 꼭 지킬 테니까.

그렇게 다짐하면서 봉투를 열었다. 그 속에는 참으로 미묘한 표정을 한, 불만스러워 보이는 내 사진이 들어 있었다.

하나도 안 근사하잖아.

무심결에 피식 웃고 나는 사진을 서랍에 집어넣었다.

"굉장해, 정말 왔네?!"

7월 첫째 주 수요일, 나는 약속대로 3주 만에 놀이터를 찾았다. 나를 발견하자마자 두 팔을 번쩍 들고 달려온 그녀가 속사포처럼 물었다.

"뭘 어떻게 한 거야? 학원은 안 가도 돼? 엄마가 화내신 건 아니지?"

"화 안 내셨어요."

학원을 빠져도 아무도 트집 잡지 못할 성적을 내겠다는 일념으로 나는 공부에 몰두했다. 그 결과는 숫자로 나타났고, 엄마는 아무 말도 하지 않았다.

"학교는 어때?"

"괜찮아요. 원래부터 사이가 나빴던 건 아니고, 양동이 정리 당번도 정했거든요."

처음 한 번은 말을 꺼낸 내가 치웠다. 나가노를 비롯한 다른 아이들도 돌아가면서 치우는 게 좋겠다며 찬성해주었다.

"그랬구나. 아무튼 다시 만나게 돼서 기뻐. 잘 지낸 거 같아서 다행이야."

재회를 반기는 그 한없이 밝은 목소리에 조금 양심이 켕겼다.

사실은 아무것도 해결된 게 없었다. 엄마와의 관계는 변하지 않았고, 양동이 당번이 까먹은 날은 여전히 내가 뒷정리를 했다. 그래도 예전보다는 한결 숨통이 트였다. 손이 떨리는 일도 사라졌다. 정글짐에 올라간 그녀가 카메라를 들었다. 솔개 한 마리가 창공을 가로질렀다.

찰칵.

"새를 좋아하세요?"

상승기류를 탄 날개가 더욱 높이 솟아올랐다. 점점 작아져가는 점을 눈으로 좇으며, 그녀는 혼잣말처럼 중얼거렸다.

"동경해. 그 무엇에도 얽매이지 않으니까. 자기 뜻대로 자유롭게, 좋아하는 곳으로 날아갈 수 있잖아."

내 눈에 그녀는 이미 자유로워 보였다. 일상의 굴레를 벗어나 유유히 자신만의 세계를 살아가는 것처럼 비쳤다. 그런데도 부족하다니, 그녀가 바라는 게 뭔지 나로서는 상상조차 가지 않았다.

"새를 좋아하시면 좋은 곳이 있어요."

"좋은 곳?"

"역 남쪽에 야트막한 산이 하나 있는데, 아세요?"

"응. 그 낙타 같이 생긴 산 말이지?"

"가보신 적 있어요?"

"아니."

"그 산꼭대기에 있는 신사에 매년 산새가 둥지를 틀거든요. 건

물도 제법 역사가 깊은 편이라 예쁘고요."

"그렇구나. 몰랐어."

정글짐 꼭대기에서 그녀가 그쪽 방향을 돌아보았다. 유려한 턱선과 부드럽게 휘어진 연분홍색 입매를 저녁노을이 따스하게 비추었다.

"고마워. 조만간 가볼게."

"어, 아뇨……."

그게 아니라요.

"그냥 지금 저랑 같이 가보지 않으실래요?"

목소리가 떨리지는 않았을까? 다 말하고 나서야 괜히 신경 쓰였다.

그녀는 잠시 눈을 깜빡이다 살짝 고개를 끄덕였다. 그리고 정글짐에서 뛰어내려 그럼 갈까? 하고 걸음을 옮겼다.

바람이 잔잔한 열기를 머금었다. 미끄럼 방지용으로 동글동글 홈을 파놓은 가파른 언덕길은 수런거리는 나무들과 그 잎새로 새어드는 햇살, 그 빛에 반짝이는 그녀의 머리카락에 이르기까지 그저 맑기만 했다.

"이 동네에는 여기 말고도 사진 찍기 좋은 곳이 여러 군데 있어요."

"진짜? 꼭 알려줘. 역시 동네 사람은 다르구나."

그녀를 만난 날부터 고개를 들고 걷는 버릇이 생겼다. 그러다 찾아낸 거리의 풍경이 언젠가 어떤 식으로든 쓸모가 있지 않을까

하는 마음에.

"오늘 다 돌아보기는 힘들겠지만, 다음에라도 괜찮으시면 같이 가요."

"그래. 그럼 언제로 할까?"

"다음 주 토요일 열두 시는 어때요?"

"좋아, 약속한 거다?"

그때까지 또 열심히 공부해야만 한다. 내 앞으로 다가온 손에 새끼손가락을 걸었다. 그러자 그녀는 다정하게 웃으며 다시 그 콧노래를 흥얼거렸다.

"좀 옛날 노래라서 넌 모를지도 모르겠네."

갑자기 누나 같은 말투가 된 그녀가 영화 주제곡이라고 가르쳐 주었다.

"이 근처일 거예요."

지체 없이 신사 쪽으로 카메라를 겨누는 그녀 옆에서 나는 새를 찾았다. 나무숲 사이를 주의 깊게 살피다 보니 알록달록한 그림자가 눈앞을 가로질렀다. 찾았다. 머리는 하얗고 배 밑은 선명한 붉은색이었다. 등으로 이어지는 검은 선과 청록색 날개가 예뻤다. 불규칙하게 날아다니는 그 궤적과 한참 씨름한 끝에 마침내 둥지를 발견했다. 입을 벌리고 기다리는 새끼들에게 먹이를 물어다주느라 바빠 보였다.

"찾았어요."

"뭐? 어디?"

내 손끝을 따라 그녀가 자세를 낮췄다. 어깨가 맞닿으며 카디건과 같은 향기가 풍겨왔다.

"정말이네. 멋지다."

이제 곧 독립하겠네. 깃털이 빠짐없이 돋아난 아기 새를 보며 그녀가 나직한 숨결을 흘렸다. 등에 내려앉는 햇살이 따스했다. 심장 소리마저 들릴 것 같았다. 그녀가 눈치채지 못하도록 티 나지 않게 그 옆얼굴을 가만히 훔쳐보았다.

부지런히 새끼를 돌보는 어미 새를 한동안 지켜보다가 적당한 때에 신사를 나섰다. 뉘엿뉘엿 저물어가는 저녁 햇살이 잡목림으로 스며들었다. 그녀는 눈부신 듯 손으로 그늘을 만들었다.

"이제 곧 매직 아워(magic hour)야."

"매직 아워요?"

"일몰 직후의 시간대를 가리켜. 그림자가 없으면서도 밝아서 아주 환상적인 사진을 찍을 수 있거든."

그러고 보니 그녀와 처음 만난 날도 이런 하늘을 본 기억이 있었다. 그 후로 고작 한 달밖에 지나지 않았다. 그런데도 무척 오래된 일 같은 기분이 들었다.

"그날 왜 저한테 말을 건 거예요?"

눈길을 끄는 피사체라면 나 말고도 얼마든지 있었을 터였다. 왜 나였을까? 내 물음에 그녀는 당연하다는 듯 거침없이 대답했다.

"그렇게 기운 없이 앉아 있으면 괜찮나 걱정되기 마련이잖아?"

그녀는 앞머리를 매만지며 수줍은 기색을 내비쳤다. 그 표정에 나는 그만 반사적으로 시선을 돌리고 말았다.

유심히 지켜봐줬구나.

스쳐지나가는 수많은 인연 중 하나에 불과할 거라고 생각했는데.

두근거리는 가슴을 억누르며 그 실루엣을 흘끗 곁눈질했다. 투명한 오렌지 빛에 감싸인 채로 그녀는 차분하게 비탈길을 걷고 있었다. 어딘가 아주 먼 곳, 내가 모르는 세상을 떠올리는 그 옆얼굴에 긴 속눈썹의 깜빡임만이 드리웠다. 손을 뻗어 붙잡지 않으면 어디론가 사라져버릴 것만 같았다.

“좋아하는 사람 있어요?”

충동적으로 던진 질문에 그녀의 발걸음이 한순간 멎었다.

“으음, 글쎄?”

나직한 중얼거림이 들려왔다. 다양한 의미로 해석할 수 있는 그 대답에 침묵을 지키자, 이번에는 반대로 그녀가 나를 바라보았다.

“넌 어때?”

올곧고 검푸른 그 눈을 보자 함께 걸었던 밤이 떠올랐다. 생생한 감정이 흘러 넘쳤다.

“저는…….”

저는 당신을,

좋아—.

말을 끝맺기도 전에 달콤한 냄새가 코끝을 스쳤다.

그녀가 내 어깨를 감싸 안고 볼을 맞댔다. 긴 머리카락이 눈앞에서 흔들렸다. 말문이 막혀서 그저 우두커니 서 있는 내 귓가에 나직한 음성이 들려왔다.

"난 너를 좋아할 수가 없어."

미안해. 그녀는 뒤로 물러서며 미소 지었다.

"잘 가."

그 한마디를 끝으로 우리는 산기슭에서 헤어졌다.

만나기로 약속한 토요일, 나는 놀이터에서 그녀를 기다렸다.

이 근방의 지명을 적어둔 메모를 보았다. 내가 그녀에게 해줄 수 있는 일은 얼마 안 될지도 모른다. 그래도 어떤 식으로든 기쁘게 해주고 싶었다.

그녀의 속삭임이 뇌리를 스쳤다.

내가 한 질문의 유치함이 부끄러웠다. 여행자에게 그런 관계는 성가신 굴레에 지나지 않는다. 하지만 그런 것은 중요하지 않았다. 그녀와 이야기를 나눌 수 있다면 그것으로 충분했다.

고개를 들어 시간을 확인했다. 시계바늘은 12시 10분을 가리키고 있었다.

계속 기다렸지만 놀이터에는 끝내 아무도 나타나지 않았다. 가느다란 달이 하늘에 떠올랐다. 포기하는 수밖에 없는 시간이었다. 메모를 호주머니에 쑤셔 넣고 일어서서 그녀가 오지 않은 까닭을 생각했다. 그러다 불현듯 풀숲 그늘에서 뭔가 반짝이는 게 눈에 들어왔다. 반짝반짝 가로등 불빛을 반사하는 그 모습에 이끌려 무심코 그쪽으로 걸음을 옮겼다. 그리고 마침내 그 정체를 깨달은 순간, 나는 숨이 턱 막혔다.

하얀 봉투에 은색 스티커.

그녀의 물건이다. 부리나케 집어 들고 스티커를 떼어냈다. 빳빳한 종이다발에 손가락이 닿은 순간, 그것이 후드득 바닥으로 떨어졌다.

"이게 뭐야……?"

새, 저녁노을, 거리 풍경. 그 속에는 그녀와 함께 했던 사흘 동안 발견한 경치들이 가득했다. 마지막 한 장은 신사의 숲을 뚫어지게 응시하는 내 옆얼굴이었다.

그 뒷면에는 딱 한 줄, 그녀가 남긴 말이 적혀 있었다.

너는 너야.

거짓말이지?

이걸로 다 끝낼 작정이었구나. 그녀는 멋대로 떠나버리고 말았다.

하다못해 알려주기를 바랐다. 이런 얄팍한 위로는 그저 공허할 뿐이다. 역시 나 같은 어린애 따위 결국 어찌되든 상관없는 존재에 불과했던 거다.

펜스에 부딪치며 휘청휘청 집으로 돌아갔다.

그 후로도 몇 번 놀이터에 가보았지만, 그녀의 모습은 보이지 않았다.

다들 제멋대로다.

기대했던 내가 바보였다.

2010-06-08

삼촌.

한 소년을 만났어요.

착한 아이였어요. 아직 중학생인데도 무척 어른스러워서 저를 위해 동네를 안내해주었답니다.

정말 기뻤어요.

그런데도 저는 그 아이를 상처 입히고 말았어요.

삼촌과 한 약속을 지키기로 결심했는데도 말이에요.

기대에 어긋났지요? 정말 죄송해요.

추신

지금 무슨 생각을 하고 계세요?

그날 이후로 저는 어디까지 나아온 걸까요?

2010년 7월 20일(화)

치나미 올림

2017-10-02

그것을 프리 라이더(free-rider) 현상이라 부른다고 한다.

단체로 일할 때 농땡이를 피우고 싶어지는 현상, 또는 다른 사람과 함께 짐을 나를 때 슬쩍 힘을 빼보는 현상 말이다.

다른 말로는 무임승차나 숟가락 얹기라고도 한다. 가을 분위기가 감도는 교정을 바라보는데, 그 흥미로운 단어가 불쑥 귀에 들어왔다. 교수의 설명에 따르면 일개미도 인간처럼 게으름을 피우는 모양이었다.

"개미굴 근처에 설탕을 놓아두고 어떤 식으로 운반하는지 고정 카메라로 관찰해보았습니다. 예전에 실시한 유명한 실험인데, 이번에는 각 개체에 페인트를 칠해서 한층 자세한 데이터를 샘플링한 거지요."

하늘에서 식량이 뚝 떨어지는가 싶더니 본의 아니게 관찰당하고, 게으르니 마니 평가당하는 신세가 되다니. 개미들도 성가시겠지. 연구 결과에 따르면 전체의 20퍼센트쯤 되는 부지런한 일개미들이 대부분의 일감을 소화하는 모양이다. 흥미롭게도 빈둥거리는 개미만 모아놓으면 그중 20퍼센트가 다시 부지런히 일하게 된다고 했다. 교수가 요점을 정리한 슬라이드를 대충 설명하고 나자 종이 쳤다.

"오늘은 여기서 마치도록 하겠습니다. 다음 주에는 조별과제 진척 리포트를 제출해주세요."

점심때로 접어든 강의실이 소란스러워졌다. 링 바인더를 챙기는데 책상 위에 놓인 휴대폰에 알림창이 떴다. 「사회심리학」. 주위를 둘러보았지만, 그렇게 이름 붙인 그룹 채팅방의 멤버는 나밖에 없었다.

[지금 일어났어, 으윽]

[방금 수업 끝났어]

[출석 불렀어?]

[아니]

[살았다]

[……프린트 안 나눠줬지?]

[나눠줬어. 필요해?]

[응! 고마워!]

[별말씀을. 그보다 다음 주 조별 과제는 어쩌지?]

몇 사람이 메시지를 확인했지만, 휴대폰은 잠잠했다. 그런 반응이 돌아올 줄 알았기에, 나는 떨리는 손을 억누르며 미리 생각해 두었던 제안을 했다.

[돌아가면서 하자. 처음은 내가 맡을게]

[그럼 야마우라 네가 한 번 더 해야 되는데?]

[괜찮아]

[알았어]

애써 개미를 대상으로 실험할 필요도 없다. 이 대화 내용이야말로 더없이 유용한 샘플이니까.

"또 착한 사람 놀이 하는 중이야?"

뒤에서 누군가 말을 걸었다. 고개를 돌리자, 안으로 살짝 컬이 들어간 갈색 머리를 찰랑이며 책상 뒤에서 쑥 몸을 내미는 세미롱 헤어의 여학생이 눈에 들어왔다.

"아, 카미구나."

"왜 손해 보는 역할을 자청하는데? 타이시 너 마조히스트야?"

가지런한 앞머리 뒤에서 미심쩍은 기색이 담긴 동그란 눈을 드러내며 카미가 물었다. 학부는 다르지만, 우리는 교양 수업에서 이따금 마주치고는 했다. 본의 아니게 참석하게 된 동아리 신입생 환영회에서 처음 만났을 때도 그녀는 이미 카미라는 별명으로 불리고 있었고, 그래서 나 역시 대세를 따르기로 했다.

"누가 할 거냐며 서로 떠넘기는 게 더 귀찮으니까."

"네네, 어련하시겠어요. 하여간 타이시는 완벽 그 자체라니까. 얄미워 죽겠어."

"땡큐."

"오해할까봐 말해두는데, 칭찬 아니거든?"

카미는 어이없어하며 몸을 일으켰다.

"점심 먹으러 가지 않을래?"

"그래. 난 다 좋아."

"음…… 그럼 파스타 먹자."

카미가 펌프스 뒷굽을 또깍또깍 울리며 덧붙였다.

"우리 밖으로 나가자. 학생식당 카르보나라는 면이 퍼져서 맛없어."

강당을 나와 캠퍼스를 가로지르는 은행나무 가로수길을 걸었다. 오후가 되어 서늘해진 바람이 조금씩 물들어가는 우듬지를 흔들었다.

"타이시, 여름방학에 뭐했어?"

"내내 입시 학원 알바만 했는데."

"돈 모아서 해외여행이라도 가게?"

"아니."

"에이, 뭐야. 시시해."

"그러는 카미 넌 뭘 했는데?"

"저는 인턴으로 일했답니다."

대학교 3학년은 그런 시기다. 이듬해에 시작될 취업활동에 대비해 토대를 쌓고 실패에 대한 변명을 준비하고 각자의 인생을 구상하는 기간. 카미가 직장을 고를 때 중요시하는 것은 연봉이나 휴가 일수가 아니라 본인이 납득할 수 있는가라고 했다.

"일하면서 느끼는 보람이나 환경이 중요해. 먹고 사는 데 지장만 없으면 과욕을 부릴 생각은 없고, 그래서 괜찮아 보이는 회사를 닥치는 대로 돌아다녀봤어."

카미는 약간 동안인 데다 여성스러운 옷을 즐겨 입지만, 의외로 야무지고 당찬 성격이다. 그 외모에 낚여 접근하는 남자도 많았지만, 전부 멋지게 차버린 모양이었다. "패션 스타일이랑 남자 취향은 별개야." 본인은 전혀 개의치 않는 기색이었다. 카미에게는 사회인 남자 친구가 있다. 학교에서도 대개 혼자 돌아다니고, 애초에 대학생 따위 안중에도 없는 거겠지.

"하긴 타이시 넌 인턴 안 해도 되겠다. 사실은 이미 갈 곳이 정해져 있는 거 아냐?"

"정해진 데는 없어."

"아, 그래?"

"그렇다고 인턴을 할 마음도 없지만."

어디든 상관없다. 카미하고는 다른 의미로 먹고 사는 데 지장만 없으면 아무데나 상관없었다.

"어라? 완벽남, 그런 성격이었어?"

"완벽하지 않다니까 그러네."

항변하며 학교를 나섰다. 왜 여기 있냐고 스스로를 책망하고 싶어지므로, 교문을 드나드는 게 껄끄러웠다.

입시에 실패하지 않았더라면 이런 생각이 들지도 않았으려나?

수험생활 막바지에는 성적도 제자리걸음이었으니 어떤 의미에서는 충격적인 일도 아니었다. 내 수험 번호가 없는 1지망 대학의 합격 발표는 놀라울 만큼 남의 일처럼 느껴졌고, 무기력한 나는 그 자리에서 보험으로 응시했던 사립대에 가기로 결정했다. 엄마는 재수해도 괜찮다고 했지만, 그 제안은 거절했다. 미련이 없었던 것은 아니다. 다만 그 이상으로 여러 가지 면에서 손을 떼야 할 시점이라는 생각이 들었다. "네 인생이니까." 고개를 떨구는 엄마를 볼 면목이 없어 생활비를 부쳐준다는 것도 마다하고 도망치듯 상경했다. 그 후로 2년 반 동안 나는 한 번도 집에 내려가지 않았다.

가까운 카페로 들어가자, 종업원이 담쟁이넝쿨이 늘어진 창가 자리로 안내했다. 마르게리타 피자를 메인으로 하는 런치 세트를 주문한 카미에게 "파스타 먹는다며?" 하고 딴죽을 걸자, 내 정신 좀 봐, 하고 입을 가렸다.

"또 실수했네. 안 그래도 맨날 수업 내용 물어보는데, 이러다간 내가 바보인 줄 알겠어."

"그런 생각……."

알아. 내 말을 가로막은 카미가 하여튼 착실하다니까, 하고 뺨을 긁적였다.

"타이시 네가 그런 말을 할 리 없다는 건 알아. 항상 주위를 세심하게 살피고, 귀찮은 일도 그냥 무시해버리지 않으니까. 정말 대단해."

예전에 비슷한 말을 들은 적이 있었다. 씁쓸한 기억이 되살아났다.

한밤의 강가, 그 사람의 목소리. 카미가 말을 이었다.

"그 대신 무슨 생각을 하는지 잘 모르겠다 싶을 때도 있지만 말이야. 가끔 "무(無)입니다"라는 표정을 짓잖아."

사실 내게도 자각은 있다. 그건 그저 기대를 하지 않기 때문이다.

그러면 부응하려고 노력할 필요도, 누군가에게 실망할 일도 없으니까.

"아, 근데 말야."

카미가 검지를 치켜세우며 말했다.

"아까 취업 이야기하다가 느낀 건데, 타이시 넌 자기 일에는 의외로 건성인 거 같아. 입버릇처럼 다 좋다, 뭐든 상관없다고 하고. 뭐 좋아하는 거 없어?"

그렇게 물어봐도 얼른 떠오르는 게 없었다. 생각에 잠겨서 무의식적으로 기댄 어깨가 담쟁이 넝쿨을 짓이겼다. 황급히 몸을 떼는 나를 보고 카미가 창문 쪽을 들여다보았다.

"이거, 이미테이션이네."

늘어진 이파리를 네일한 손톱으로 튕겼다. 플라스틱 같은 소리가 났다. 잘 보니 다른 식물도 가짜인 모양이었다. 물을 주지 않아도 시들지 않는, 생활에 싱그러움을 더하는 편리한 소품. 다른 사람들에게는 나 역시 그런 존재일까?

"아, 나왔다."

김이 피어오르는 마르게리타 피자와 미스 소스 스파게티에 카미가 반색을 하며 손을 모았다. 나는 약간 흥미가 생겨 물어보았다.

"있잖아, 카미. 이건 어디까지나 가정인데……."

"응?"

오랜만에 그녀 이야기를 해보기로 했다. 의미 따위는 없다. 참 못돼먹은 성격이라는 생각이 들었다. 나는 그저 그 사람을 부정하고 싶을 뿐이다.

"줄곧 내게 잘해줬던 친구가 어느 날 갑자기 나를 바람맞히더니, 그 후로는 쭉 연락도 닿지 않는다고 쳐. 그럼 그 친구를 싫어하게 될까?"

"누구 이야긴데? 남자야, 여자야?"

"일단 여자라고 치고."

"진지하게 묻는 거야?"

"응."

"으음, 그럼……."

카미는 타바스코를 테이블에 내려놓고 글쎄, 하고 인상을 찌푸렸다.

"그레이려나?"

"그레이?"

"응. 왜냐면 난 그 애를 잘 모르니까. 가족이 야반도주하거나 갑자기 몸이 아파서 입원했을 가능성도 제로라고는 할 수 없고. 근데 그런 경우는 흔하지 않으니까, 한없이 블랙에 가까운 그레이."

매끄럽게 설명하고 피자를 입에 넣는 카미의 대답에 포크를 돌리던 손이 멎었다.

듣고 보니 그 해석에도 일리가 있었다.

돌이켜보니 함께 밤길을 걸었던 그 사람과 마지막으로 헤어졌을 때의 그 사람은 전혀 딴판이었던 것처럼 느껴졌다. 어쩌면 그 이면에는 내가 모르는 어떤 사정이 있었는지도 모른다.

—너는 너야.

사진 뒤에 적혀 있었던 글을 떠올렸다.

만약 다시 한 번 만날 수 있다면 틀림없이 많은 것을 알게 되리라.

그 사람의 진실도, 내가 손에 넣을 뻔했던 것도.

이대로는 모든 게 다 어정쩡할 뿐이다.

"왜 그래? 맛이 별로야?"

"아니, 까무러치게 맛있어."

"뭐?"

어이없다는 듯 웃는 카미에게 마주 웃어주고, 나는 볼이 미어지도록 파스타를 입에 넣었다.

그렇지만 이제 와서 뒤돌아보기에는 너무 늦었다.

벌써 7년이 지났다. 그 사람이 어디서 뭘 하는지 이제 와서는 알 도리가 없다.

게다가 그런 뜬구름 잡는 이야기나 하고 있을 상황도 아니다. 취직이라는 더 현실적인 문제를 해결해야 하니까.

디저트를 먹고 가게에서 나왔다. 배부르다며 만족스러워하는 카미에게 인턴으로 일한 소감을 물었다.

"역시 타이시 넌 착실하다니까."

카미는 그렇게 나를 놀리고는 어떤 학생이 있었고, 어떤 회사가 좋았다는 이야기를 자세하게 들려주었다.

그날 밤에는 과 술자리가 있었다. 평소와 달리 과음한 나는 3차로 간 노래방 구석에서 소파에 기대앉아 취기를 삭이는 중이었다. 신입생 시절 친분으로 가입하고서 내내 방치해두었던 사진 업로드 사이트를 열었다. 팬케이크에서 세계유산까지, 세계 곳곳에서 사람들이 올린 방대한 양의 사진이 화면에 무질서하게 펼쳐졌다.

그 현란한 빛의 창을 무심하게 훑어보는데 이미지 하나가 눈길을 사로잡아, 페이지를 넘기던 손이 멈칫했다.

온통 주홍색이라고 생각했던 그것은 사실 새 사진이었다. 불타는 황혼 속으로 날아가는 녹아내린 점 같은 실루엣. 스크롤해보니 그 계정에는 새 사진만이 가득했다. 코멘트도 없고 팔로워도 없었다. 그럼에도 담담하게, 일주일 주기로 계속 갱신이 이루어지고 있었다.

아마 술이 덜 깼던 거겠지.

정신을 차려보니 손가락이 갈지자로 자판 위를 헤매며 메시지를 입력하는 중이었다.

[사진이 멋지네요]

보내고 난 후에야 냉정을 되찾았다. 아, 괜한 짓을 했다. 보내지 말걸.

그러나 이내 만사가 귀찮아져 전원을 껐다. 그따위 메시지, 어차피 아무도 신경 안 쓴다. 눈꺼풀이 무거워졌다. 바라면 이루어진다고 누군가가 열창하는 소리를 들으며 나는 조용히 잠에 빠져들었다.

그로부터 일주일이 흘렀다. 학교에 가려고 침대에서 몸을 일으켰을 때, 휴대폰 화면에 낯선 알림창이 떠 있음을 깨달았다.

그 계정에서 온 답장이었다.

[감사합니다. 그렇게 말씀해주시니 기쁘네요]

side. 고토 후미카

2013-10-04

부드러운 가을 햇살과는 반대로 교실은 아수라장이었다. 잘린 목과 눈알이 마구 굴러다니는 엽기적인 광경 속으로 고성이 난무했다. 우리 2학년 6반은 문화제를 앞두고 귀신의 집을 만드느라 여념이 없었다.

"고토, 어디 가짜 피 남은 거 없어?"

"사물함에 있는 게 다야. 가급적 눈에 띄는 장소 위주로 쓰도록 해."

"저기, 고토. 창고에 골판지가 다 떨어졌는데."

"학교 뒤에는 아직 남아 있을 테니까 얼른 가봐. 다른 반에 뺏기기 전에 최대한 많이 가져와. 다들 필요한 게 있으면 칠판에 적어 놓고! 내일 사올 테니까."

지시를 내리며 복도로 나가다가, 위원회를 마치고 돌아오던 준과 딱 마주쳤다.

"아, 후미카. 과학실 인체 모형 사용 허가 났어."

"진짜? 다행이다. 애들이 가짜 피가 부족하대."

"뭐? 얼마 전에 잔뜩 샀잖아. 너무 낭비가 심한 거 아냐?"

어쩌다 보니 우리 둘이 함께 맡게 된 문화제 실행위원은 생각보다 바빴다. 재료 조달과 예산 관리를 비롯해 자질구레한 일거리까지 따지면 끝이 없었다.

"이제 2주일 남았으니까 힘내자. 틀림없이 멋지게 완성될 테니까."

"그래."

이마에 맺힌 땀을 훔치는 준의 눈꼬리가 살짝 휘어졌다. 그 표정이 눈부셔, 나는 반사적으로 눈을 내리깔았다. 갑자기 교실 안이 소란스러워졌다. 무슨 일인가 싶어 들여다보니 아이들이 간식거리를 에워싸고 있었다. 그 중심에서 슈퍼 비닐봉지를 든 뒷모습을 발견한 준이 슬쩍 내 옆을 떠났다.

"안녕, 치나미. 오늘은 와줬구나."

"응. 좀처럼 못 도와줘서 미안해."

"어쩔 수 없지 뭐. 아, 나도 초콜릿 먹어도 돼?"

"그럼. 원하는 걸로 가져가. 많이 사왔으니까. 아, 고토다! 고토, 너도 뭐 좀 먹고 해!"

그 애가 나를 향해 손을 흔들었다. 가슴속이 욱씬 아파왔다.

왜 이렇게 돼버린 거람? 저 애만 없었으면 올해 문화제는 정말 최고였을 텐데.

그 애가 전학 온 것은 6월경이었다.

"이토 치나미라고 해요. 잘 부탁드립니다."

꾸벅 고개를 숙이며 티 없이 웃는 치나미에게는 미모와 애교가 공존했다. 어깨까지 내려오는 밝은 색 머리카락과 파랗고 큰 눈이 지닌 그 특별한 존재감에 나는 그만 넋을 잃고 그 애를 쳐다보고 말았다. 여자인 내가 그 정도였으니, 우리 반 남자애들이 치나미에게 관심을 보인 것은 지극히 자연스러운 일이었다.

"치나미, 넌 왜 항상 카메라를 가지고 다녀?"

"취미거든. 학교에서도 찍고 싶어서."

"이사를 자주 다녀?"

"응. 그러니까 여기도 오래는 못 있을지도 몰라. 앗, 미안. 나중에 또 얘기하자."

갑자기 벌떡 일어나서 카메라를 챙겨들고 부랴부랴 교실을 빠져나간다. 매번 그런 식이었다. 모처럼 모두가 관심을 보여주었건만, 정작 자유분방한 본인은 그 기대에 부응할 마음이 없는 것처럼 보였다.

"치나미는 참 특이한 애야."

하얀 소복을 바느질하며 유코가 말했다. 그러자 론이 찰흙을 빚다 말고 "그러게." 하고 맞장구를 치며 벽에 몸을 기댔다. 유코와 론은 2학년에 올라와서 새로 사귄 친구다. 현역 여고생 독자 모델과 전교에서도 손꼽히는 우등생. 그렇게 잘나가는 두 사람과 왠지 마음이 맞아버린 나는 다소 어울리지 않는 그룹에 속하게 되었다.

"하긴 저 정도로 예쁘면 별 상관없으려나? 내가 아는 애들보다 훨씬 위니까."

"게다가 똑똑하기까지 하잖아. 나도 저번에 치나미한테 수학 배웠어."

학급의 핵심 멤버들도 치나미를 인정하는 눈치였다. 지각을 밥 먹듯이 하지만 성적이 좋다는 점이 면죄부로 작용하는지, 선생님들도 딱히 야단치지는 않았다. 그런 특혜가 주어져도 되나 새삼 분개하는데, 다른 반과 회의를 마친 준이 교실로 돌아왔다. 통로로 쓸 검은 벽의 제작 상황을 확인한 준은 교실 구석에서 골판지를 자르는 그 애 옆에 가서 앉았다. 어깨너머로 그 모습을 지켜보던 유코가 쓴웃음을 지었다.

"하여간 준은 진짜 속마음을 못 감추는구나."

"우리 반에서 눈치 못 챈 애는 아마 치나미밖에 없을걸?"

준은 말없이 자기 할 일을 시작했다. 그렇지만 흘끔흘끔 옆을 신경 쓰는 그 행동거지에서는 대놓고 치나미를 좋아하는 티가 났다.

"그보다 우리가 더 문제야. 캠프파이어 때 누구랑 춤추지?"

"유코 넌 밖에 남자 친구 있으니까 상관없잖아."

"그래서 더 골치 아파. 론, 차라리 나랑 출래?"

"영 안 땡기는데?"

"어쭈, 요게?"

사흘에 걸쳐 열리는 문화제 마지막 날에는 전교생이 운동장에 피운 화톳불을 둘러싸고 춤을 춘다. 처음에는 그냥 포크댄스였지만, 언제부터인가 자유 형식으로 변해 마음에 둔 이성에게 파트너 신청을 하는 전통이 생겼다.

"후미카, 넌 누구 찜해둔 애 있어?"

유코가 능글맞게 웃으며 물었다.

"없어."

시치미를 떼자, 유코는 서운한 기색으로 입술을 삐죽 내밀더니 바느질을 끝마친 의상의 소맷부리를 펄럭펄럭 흔들었다.

"아쉽다. 있으면 응원하려고 했는데."

그럴 수는 없을 거야. 나는 어정쩡한 미소로 대답을 대신했다.

왜냐하면 내가 좋아하는 애는 준이니까.

"앞으로 일주일밖에 안 남았다니, 어쩐지 긴장되는걸? 일단 당장 필요한 건 박스 테이프하고 도화지 스무 장……."

준이 중얼중얼 혼잣말을 하며 수첩에 뭔가 적어 넣었다. 우리는 하굣길에 패밀리 레스토랑에 들러 막판 스퍼트에 대비해 현재 상황을 점검하는 중이었다.

"근데 상당히 아슬아슬하네. 시청각실까지 연결하는 건 역시 좀 무모했나? 무사히 완성돼야 할 텐데……."

"괜찮을 거야. 내일부터는 방과 후 동아리 활동도 안 하니까."

"하긴. 그동안 연습하느라 종종 빠져서 미안해."

"에이, 아냐. 난 시간 많은데 뭐."

준은 멋지다. 외꺼풀인 길고 갸름한 눈매도 그렇고, 뭐든 성실하게 열심히 하는 점이 좋았다. 내년에는 농구부 주장을 맡을 예정이라고 들었다.

"후미카, 뭐 마실래?

준이 빈 컵을 들고 일어섰다.

"아, 그럼 진저에일로 할게."

대답하면서 내민 손이 맞닿는 바람에 얼른 팔을 움츠렸다. 다행히도 눈치채지 못한 기색으로 음료를 가지러 가는 준을 배웅하고, 나는 두 뺨을 꽉 누르며 스스로를 타일렀다.

이제 어지간하면 적응 좀 해. 요새는 단둘이 보는 일도 늘었지만, 그건 어디까지나 문화제를 성공시키기 위해서야. 들키면 안 돼. 그렇게 생각하는데 준이 주스를 양손에 들고 돌아왔다. 해 저문 거리 풍경을 바라보며 "부쩍 쌀쌀해졌네."라고 중얼거리는 그 옆얼굴은 역시 내 취향이었다.

"……치나미 말이야, 좋아하는 사람 있으려나?"

준이 불쑥 물었다. 설레는 마음이 탄산 거품처럼 꺼져 들어갔다.

"그걸 왜 나한테 물어?"

"그야 네가 치나미랑 친하니까."

학급에 융화되려는 노력은 전혀 하지 않는 주제에 그 애는 왠지 나한테만 친근하게 굴었다. 모두에게 사랑받는 몸이니 푸대접할 수도 없는 노릇이다. 그런 성가신 면까지 포함해서 나는 치나미가 싫었다.

"……글쎄, 남자 친구는 없는 눈치던데."

최대한 어두운 목소리로 대꾸했다. 하지만 준은 "그래?" 하고 가슴속에 새겨 넣듯 내 대답을 가만히 곱씹었다.

"나 캠프파이어 할 때 치나미한테 고백하려고."

그런 예감이 들기는 했지만, 본인에게 직접 들으니 괴로웠다.

왜 나는 안 되는 걸까. 하지만 이 마음을 전했다가는 이래저래 어색해질 게 뻔했다. 모처럼 모두 함께 힘을 합쳐 노력해왔는데 막판에 와서 걸림돌이 되고 싶지는 않았다. 나는 치밀어 오르는 슬픔을 삼키고 "그렇구나." 하고 최대한 무난한 대답을 했다.

내 심정과는 상관없이 교실에서는 슬슬 귀신의 집다운 분위기가 나기 시작했다. 테스트 삼아 특수 분장을 한 유코는 깜찍한 유령으로 변신했고, 론의 작품인 손목은 진짜로 착각할 정도의 완성도를 자랑했다. 그중에서도 가장 시선을 끄는 것은 바로 출구 쪽 천장에 달아놓을 예정인 요괴였다. 미술부원들이 앞장서서 만든 그 닥종이 인형의 퀄리티는 그야말로 굉장해서 무섭다 못해 예술적이기까지 했다. 약간 취지에 어긋나는 게 아닌가 싶은 느낌도 들었지만, 모두가 즐겁다면 그것으로 충분했다. 그때 인형 틀에 닥종이를 붙이던 아이가 미안하다는 듯 양손을 모으며 말했다.

"고토, 혹시 아직 돈 좀 있어? 재료가 약간 모자라서."

봉투에는 아직 예산이 조금 남아 있었다. 다른 팀은 재료가 넉넉해 보였으므로 다 써버려도 괜찮을 것 같았다.

"그럼 사러갔다 올게. 닥종이랑 대나무살만 있으면 돼?"

"여유가 되면 페인트도 부탁해."

그 정도 양이면 혼자 나르기에는 조금 벅차다. 누구 같이 갈 사람 없느냐고 묻자, 치나미가 번쩍 손을 들었다.

"나 맡은 일이 거의 다 끝나서 할 게 없어. 짐꾼이 필요한 거지?"

"……응. 그럼 따라와."

찡그린 얼굴을 들킬 새라 나는 서둘러 교실을 나섰다.

문방구에서 대나무살과 닥종이를, 페인트 가게에서 빨간색과 검정색 페인트를 샀다. 가게를 나설 무렵에는 해가 기울어 선선한 바람이 불어왔다.

"고토, 기왕 따라왔으니까 내가 무거운 걸 들게."

"됐어."

거절하고 걸음을 옮겼다. 치나미는 바스락바스락 소리가 날 만큼 든 게 없는 비닐봉지를 두 손으로 들고 조금 멋쩍은 기색으로 따라왔다.

"귀신의 집 말야, 완성되면 아주 근사할 거 같아."

"응."

"고토 넌 정말 믿음직스러워. 언제나 빠릿빠릿하고, 모두가 신뢰하잖아."

"고마워."

"문화제까지 사흘 남았네. 난 처음이라서 정말 기대돼."

"있잖아, 그렇게 생각하면 좀 더 자주 참여하는 게 어때?"

가볍게 핀잔을 주었다. 치나미는 그다지 바빠 보이지 않는데도 불구하고 준비 과정에 별로 참여하지 않았다.

"미안해, 할 일이 좀 있어서."

"할 일이라니, 동네 사진을 찍는 거 말이야?"

재료를 사서 돌아가는 길에 신사에서 카메라로 사진을 찍는 치나미를 본 적이 있었다. 다른 애들은 동아리나 학원으로 바쁜 와중에도 짬을 내서 일을 거드는데, 넌 뭐가 그렇게 잘나서 혼자 노닥거리는 건데? 사진은 언제든지 찍을 수 있다. 하지만 문화제는 기다려주지 않는다.

"응, 맞아. 저기, 근데 나한테는 중요한 일이라서……."

동정심에 호소하듯 말꼬리를 흐리는 게 짜증을 부추겼다.

"왜 너 같은 게……."

충동적으로 내뱉고 말았다. 어째서 이런 기분파를 준이, 모두가 싸고도는 거냐고?

"……고토, 준 좋아해?"

치나미가 불쑥 물었다.

숨을 들이켠 게 들통나지 않도록 나는 그 애를 매섭게 노려보았다.

"뭐?"

"아냐?"

"아니야."

"하지만……."

"그 이야기, 딴 애들한테는 안 했지?"

"역시 좋아하는 거야?"

"아니라니까."

"하지만 고토 넌 항상 준을 보고 있던데?"

"그런 적 없어."

"그래?"

"그런 적 없다고 했잖아!"

나는 버럭 소리쳤다.

"왜 그렇게 날 못 긁어서 안달인데?! 그만 좀 해! 준은 치나미 너를 좋아한다고! 내 입으로 이런 말 하게 만들지 마!"

놀라서 굳어버린 그 얼굴을 향해 증오를 담아 내뱉었다.

"생각이란 걸 좀 하고 살아. 너 진짜 거슬려!"

그 애는 서글프게 웃었다. 그리고 걱정 안 해도 된다며 고개 숙여 사과했다.

"자꾸 불편하게 만들어서 미안해. 나 이번 문화제가 끝나면 전학 가. 다시는 너한테 폐 끼칠 일 없을 거야. 나 같은 게 있어서 정말 미안해."

치나미가 전학 간다는 소식에 다들 아쉬워했다. 마지막 추억을 만들자는 새로운 단결력으로 학급 전체가 똘똘 뭉쳤다. 귀신의 집의 완성은 어느새 단순한 행사 그 이상의 의미를 지니게 되었다.

"굉장하다."

교실을 둘러보던 론이 중얼거렸다. 다들 자기 역할을 다하고자 작업에 여념이 없었다.

"어쩐지 청춘이라는 느낌이 들어."

유코도 부지런히 손을 놀리며 말했다. 벽이 생겨나고 등롱이 걸리고 각종 조형물이 놓였다. 창문을 닫고 전등 스위치 앞에 선 준이 큰소리로 외쳤다.

"불 끈다!"

사방이 깜깜해지자 환호성이 터져 나왔다.

눈에 들어온 광경은 문화제 같은 이벤트용으로는 완벽하다 해도 과언이 아니었다. 소도구의 리얼리티도, 전체적인 분위기도 나무랄 데 없었다. 내일부터 시작될 행사의 성공을 예감한 듯 모두가 덕담을 주고받았다. 그런데 어째서일까. 분명 성공적으로 작업을 마쳤음에도 나는 그 분위기를 즐길 수가 없었다.

아직 시간이 남았으니 뒤풀이하러 가자는 제안이 나왔다. 찬성하는 목소리가 이어졌고, 빠른 속도로 뒷정리가 진행되어갔다. 준이 문단속을 하며 그 애에게 말을 거는 모습이 보였다.

“치나미, 뒤풀이 갈 수 있겠어?”

“응. 가고 싶어.”

“잘됐다! 이제 곧 떠날 거니까, 그 전에 다 같이 이런저런 이야기를 나누고 싶었거든.”

모두가 왁자지껄하게 교실을 빠져나갔다. 도중에 걸음을 멈춘 준이 “후미카, 너도 올 거지?” 하고 나를 돌아보았다. 헤실헤실 웃는 그 얼굴에서 준이 얼마나 치나미를 좋아하는지 여실히 느낄 수 있었다.

“미안, 난 좀 이따 따라갈게. 개인적인 뒷정리가 덜 끝나서.”

“그 정도는 내일 해도 되잖아. 같이 가자.”

“아냐. 하고 갈래.”

“그럼 나도 도울게.”

“그러지 말고 먼저 시작해. 실행위원이 둘 다 빠지면 아무래도 분위기가 가라앉을 거 아냐?”

내 말에 고개를 끄덕인 준은 끝나면 바로 오라고 신신당부하고서 교실을 떠났다. 홀로 남은 어둠 속에서 나는 버려야 할 것들을 쓰레기봉투에 담았다. 고개를 숙인 채 어지럽게 흩어진 잔해를 한 곳으로 모으는 사이, 뺨을 타고 눈물이 흘러내렸다.

난 뭘 하고 싶었던 걸까?

철저하게 내 마음을 숨기고 최선을 다했건만 괴롭기만 할 뿐이었다. 모두와 순수하게 기쁨을 나누지도 못했고, 준에게 다가가지도 못했다. 이토록 애썼는데 아무런 보답도 받지 못한다면 내게 이 문화제가 무슨 의미가 있지?

쓰다 남은 나무판을 바닥에 있는 힘껏 내팽개쳤다. 바닥을 때리고 튕겨나간 판자가 벽에 부딪쳤고, 뭔가가 툭 떨어졌다. 등 뒤에서 퍼석, 하고 섬뜩한 소리가 났다.

"아……."

떨어진 것은 출구 쪽에 달아놓은 요괴 인형이었다. 머리부터 바닥에 내동댕이쳐진 충격으로 얼굴 절반이 무참하게 으깨진 상태였다. 큰일이다. 모두의 역작이.

"고토?"

부르는 소리가 나는가 싶더니 누군가 교실로 들어왔다. 머리색이 밝았다.

"치나미, 네가 왜……."

"놓고 간 게 있어서. ……어?"

부서진 인형을 발견하고, 그 애가 경악한 얼굴로 다가왔다.

"그거……."

"안 돼, 오지 마."

"하지만……."

앞을 막아서자, 치나미가 항의하는 듯한 눈빛을 했다. 그 표정은 뭐야? 이럴 때만 정의로운 척하지 마.

"……다 네 잘못이야."

그렇다.

"치나미 너만 없었으면 다 잘 풀렸을 거야. 귀신의 집도, 준도. 난 내가 할 수 있는 최선을 다했는데, 네가 제멋대로 구니까 내가 참아야 하는 처지가 된 거라고!"

치나미를 향해 거칠게 쓰레기봉투를 집어던졌다. 페인트 통이 부딪치는 둔탁한 소리가 나며 그 애가 어깨를 감싸 쥐었다. 나는 그 멱살을 잡고 우악스럽게 벽으로 밀어붙였다.

"널 보면 허탈해져. 난 나보다 우리 반을 위해 노력해왔는데 다들 치나미, 치나미! 노력하면 할수록 존재감이 사라진다는 게 얼마나 괴로운 일인지 알아? 네가 옆에 있으면 미쳐버릴 것 같다고!"

내가 훨씬 더 우리 반을 소중하게 여기는데. 준을 좋아하는데.

그런데 왜 항상 치나미가 우선인 거냐고!

"어디 평생 그렇게 남의 마음을 짓밟으면서 살아보든가!"

난폭하게 가방을 집어 들고 교실을 나섰다. 아무리 닦아내도 눈물은 하염없이 쏟아졌다.

남몰래 간직해왔던 마음도, 모두의 노력도 한순간에 물거품이 되고 말았다.

다 끝이다.

문화제도, 나도, 전부.

뜬눈으로 밤을 지새우고 아침을 맞이했다. 그냥 학교에 가지 말아버릴까 했지만, 선생님이 진행하는 최종점검에 참석해야 했다. 무거운 발걸음으로 교문으로 들어섰다. 쭈뼛쭈뼛 계단을 올라가보니 교실 앞에 아이들이 우르르 모여 있었다.

"아, 후미카."

유코가 나를 보았다. 다리가 얼어붙었다. 심각한 표정으로 이쪽으로 뛰어온 유코가 재촉하듯 말했다.

"빨리 와. 시간 없어."

끌려가다시피 교실로 들어가니 먼저 등교한 아이들이 통로 일부를 해체해서 마련한 공간에서 인형 얼굴을 수리하는 중이었다.

"아침 일찍부터 치나미가 고치고 있더라고. 부딪치는 바람에 망가졌대."

"천장의 못이 좀 헐거웠는지도 몰라. 꼼꼼하게 확인해볼 걸 그랬어."

론이 풀을 갠 그릇을 가지고 돌아왔다. 바닥에 엎드린 치나미는 진지한 얼굴로 틀에 신문지를 붙이느라 바빴다.

치나미가 망가뜨렸다고?

"드라이기 빌려왔어!"

준이 소리쳤다. 그리고 콘센트를 가리키며 다른 남자애한테 지시를 내리더니 내 옆으로 다가왔다.

"후미카, 너도 도와줘. 3등분해서 동시에 만든 다음 이어붙일 거야."

"소용없어, 시간이 부족해."

"그래도 안 하는 것보단 낫겠지. 후미카 네가 애써 여기까지 끌고 와줬잖아. 그러니까 다들 끝까지 포기하고 싶지 않은 거야."

모두를 보며 준이 말했다. 안절부절못하던 나는 복도로 뛰쳐나갔다.

"후미카?"

"점검 순서를 맨 끝으로 미뤄달라고 선생님한테 부탁해볼게. 어떻게든 설득할 거야. 그러니까 너희들은 작업을 계속해!"

혼자서 바보처럼 굴고 나서야 비로소 깨달았다.

할 수 있는 일을 하자.

모두를 믿고, 나밖에 할 수 없는 일을 하자.

완전히 원상복구하지는 못했지만, 인형 수리는 기적적으로 제시간에 끝났다. 통로가 어두운 것도 호재로 작용해서 이음매는 자세히 들여다보지 않으면 눈에 띄지 않을 정도였다. 귀신의 집은 줄이 끊이지 않을 만큼 대성황이라 정신없이 바빴지만, 그래도 틈틈이 다른 교실을 구경하면서 론의 밴드 무대도 보았고, 유코와 만담 공연을 보며 깔깔대다 보니 눈 깜짝할 사이에 사흘이 지나갔다.

축제의 끝을 알리는 종소리는 슬펐다. 세상에 영원한 것은 없다며 감상에 젖은 채로 우리는 운동장으로 나갔다. 문화제는 바야흐로 클라이맥스로 접어들었다. 울려 퍼지는 큰북 소리에 맞추어 한 남학생이 횃불을 들고 장작더미 앞으로 다가섰다. 힘찬 구령과 함께 불쏘시개를 그 안으로 집어넣자, 황혼이 지는 하늘로 불티가 날아올랐다.

"드디어 시작이구나."

론의 목소리를 가리듯 밝은 음악이 흘러나왔다. 우리는 천천히 그 커다란 불꽃 주위를 돌기 시작했다. 한 쌍 한 쌍 커플이 맺어져갔다.

"얘들아, 저기 좀 봐."

유코가 가리킨 곳에는 불빛에 비친 준과 치나미가 있었다. 반 아이들이 마주보고 선 그들을 발견하고 하나둘씩 멈추어 서기 시작했다. 반 바퀴 돌아서 따라잡은 우리는 원 한구석에서 상황을 주시했다.

"저기……."

긴장한 표정의 준이 입술을 축였다.

"치나미 널 좋아해. 네가 곧 떠날 거라는 사실은 알지만, 만약 괜찮으면 나랑 사귀어줄래?"

준이 힘차게 손을 내밀자 남학생들이 삑삑 휘파람을 불어댔다. 여학생들도 긴장한 기색으로 얼굴을 마주보았다. 치나미는 준을 바라보며 딱 한 번 눈을 깜빡이고, 조용히 고개를 숙였다.

"고마워. 하지만 미안해. 나한테는 동경하는 사람이 있거든."

치나미는 그렇게 대답하고 땅을 박찼다. 그리고 거침없이 이쪽으로 달려오더니, 옆으로 스쳐지나가는 순간 내 손을 잡아끌었다.

어라?

어안이 벙벙해진 다른 아이들을 내버려두고 우리는 바람을 가르며 커플들 사이를 빠져나갔다. 녹아버릴 듯한 열기를 내뿜는 원의 중심부로 발을 들여놓으며 치나미가 웃었다.

"같이 춤추자. 줄곧 이렇게 이야기하고 싶었거든."

빰 위로 일렁이는 불빛 속에서 나는 치나미가 리드하는 대로 스텝을 밟았다. 고양감이 쑥스러움을 잊게 했다.

"치나미, 왜 날 감싸준 거야?"

그렇게 묻자 치나미는 잠시 생각한 끝에 대답했다.

"……그 정도밖에는 내가 해줄 수 있는 일이 없는 거 같아서."

불꽃을 바라보는 치나미의 옆얼굴에는 평소와 달리 어딘가 그늘이 있었다.

"내 이런 성격 때문에 이런저런 문제가 생긴 거니까, 내가 책임을 지는 게 당연해."

"그건……."

"고토 네가 자신을 뒷전에 둘 수 있는 까닭은 준과 반 아이들을 소중하게 여기기 때문이야. 그 정도로 올곧게 사람을 좋아할 수 있는 네게는 그 보답을 받을 권리가 있다고 생각해."

티 없이 맑은 그 말에 당혹스러운 기분이 들었다.

"치나미, 넌 너무 순수해."

그러나 그런 솔직함이 사람을 매료시키는 거겠지. 무슨 일이든 정면으로 마주하려 노력하는 치나미에게는 자신을 관철하는데 필요한 강함이 있었다. 내 손에 손가락을 얽으며 치나미는 천천히 고개를 저었다.

"아니야. 난 고토 너처럼 되고 싶어."

"난 치나미 네가 부러운걸?"

치나미는 말했다.

왜냐하면 고토 너처럼 자신보다 소중한 것을 지킬 수 있다면.

나는 말했다.

왜냐하면 치나미 너처럼 자신을 위해 살 수 있다면.

"스스로가 더 자랑스러울 테니까."

치나미를 인정한 것은 아니지만 그 삶의 자세는 부러웠다. 나는 치나미가 될 수 없다. 하지만 내 나름의 올바름으로 치나미를 뒤쫓아서, 언젠가는 뛰어넘어보고 싶다고 생각했다.

"이제 끝이구나."

치나미가 밤하늘을 올려다보았다.

열등감과 둘만의 비밀을 간직한 채로 우리는 계속 춤을 추었다.

아무 일도 없었다는 듯한, 그저 한없이 충만한 얼굴로.

삼촌.

치짱이 하고 싶어 했던 "학교생활"이 궁금해서 그만 오래 머물러버리고 말았어요.

손을 맞잡고 살아가는 게 얼마나 힘든 일인지 배웠답니다. 그곳은 제가 있어도 되는 공간이 아니었어요.

때로는 소중한 것을 지키기 위해 거짓말을 해야만 할 때도 있어요. 그저 정직한 것만이 다정함은 아닐 테니까요. 삼촌이 하신 말씀을 조금은 이해하게 된 것 같아요.

그날 저도 능숙하게 거짓말을 할 수 있었더라면 좋았을 텐데요.

그에게 남긴 말은 단순한 자기만족에 불과했다는 생각이 드네요.

2013년 10월 29일(화)

치나미 올림

체크용 어플리케이션 기동.

입력장치 이상 없음.

전송 테스트 중…….

이상 없음.

데이터 로거 기동.

작동 정상.

다음 샘플링을 시작해주십시오.

side. 타케다 유타로

2015-12-15

정오를 넘겨 집을 나와 유리카모메[#1] 열차를 탔다. 바다를 보고 싶었다. 바깥공기를 쏘일 기회가 줄어든 탓인지 계절 감각이 둔해져, 코트 하나만으로 버티려니 추웠다.

회사를 떠나 프리랜서로 전향한 지도 두 달이 흘렀다. 일거리도 있고 시간도 있어 생활에는 오히려 여유가 생겨났다. 나 혼자만의 미래를 구상하는 것으로 충분하다면 하루하루가 이토록 마음 편할 수 있다는 사실을 새삼 깨달았다.

눈 내리는 도쿄만을 바라보며 나는 카지타니를 떠올렸다. 어느새 동업자가 되어버린 과거의 친구는 내가 떠난 사무실에서 무슨 생각을 할까? 유리창이 입김으로 부옇게 흐려졌다. 한때는 속속들이 알 수 있었던 녀석의 머릿속도 이제는 짐작조차 가지 않게 되어버렸다.

나랑 같이 창업하자. 집으로 불쑥 쳐들어온 카지타니가 만화 같은 대사를 내뱉은 것은 대학교 3학년 때 겨울이었다. 나는 연말 특집 프로그램에 시선을 고정한 채로 되물었다.

"뭐 잘못 먹었냐?"

"어허, 사람이 진지하게 이야기하는데. 너야말로 뭘 잘못 먹은 거 아냐?"

"진지한 이야기면 좀 더 진지하게 하던가."

냉장고에서 멋대로 우유를 꺼내 마신 카지타니가 고타츠 속으

#1 유리카모메 도쿄만 인근을 운행하는 경전철.

로 기어들어갔다. 테이블에 놓인 만화책을 팔랑팔랑 넘기는 모습을 바라보다가 결국 참을성이 바닥나서 물었다.

"그나저나 무슨 회사를 차리려고?"

"웹 어플리케이션."

"제정신이야?"

"당연하지."

녀석이 눈을 빛내며 나를 척 가리켰다.

"네 코딩 능력은 천재적이고, 난 디자인이 특기잖아. 그러니까 틀림없이 성공할 거야. 둘 다 적당히 하면 평범한 회사원이 되는 게 고작이라고."

그 말처럼 카지타니는 예대에 가지 않은 게 이상할 만큼 웹 디자인 실력이 뛰어났다. 프로그래밍 기술은 내게 못 미쳤지만, 그 차이를 상쇄하고도 남는 센스와 창의력이 있었다. 우리가 힘을 합쳐 뭔가를 만들면 틀림없이 재미난 물건이 나올 거라는 예감이 들었다. 그러나…….

"취직은 안 해?"

"그런 걸 왜 해? 창업할 건데."

"……난 이미 갈 데가 정해져 있는데."

나는 조기채용에 합격해서 프로그래머로 외국계 기업에 입사할 예정이었다. "하여튼 넌 역시 대단하다니까."라고 한바탕 칭찬을 해준 다음, 카지타니는 살짝 이맛살을 찌푸렸다.

"그거, 무를 수는 없어?"

"기회를 내 발로 걷어찰 마음은 없어."

"하긴 그렇겠지. 좋은 경험이 될 테고."

카지타니는 바닥에 대자로 드러누워 눈을 감았다. 그대로 잠든 줄 알고 다시 TV를 보는데, 나직한 목소리가 들려왔다.

"그럼 기다려주지 않을래?"

"……뭐?"

"내가 혼자 회사를 차려서 언젠가 널 스카우트할게. 만약 그때 가서 괜찮겠다 싶으면 회사를 그만두고 와줘."

"그래, 뭐 난 손해 볼 거 없으니까."

"넌 진짜 냉정하구나."

카지타니는 하하하 웃으며 반대편으로 돌아누웠다. 약속한 거다? 라고 묻는 목소리가 그 어깨너머에서 들려왔다.

인적 없는 제방 위를 정처 없이 걸었다. 하얀 안개에 감싸인 레인보우 브리지를 배경으로 갈매기가 하늘을 노닐었다.

취직한 지 3년이 지난 어느 날, 카지타니가 나를 사무실로 불러냈다. 용건은 바로 깨달았다. 월급은 쥐꼬리에 직원도 경험이 일천한 초짜들뿐이었다. 당시에 다니던 직장에 비하면 결코 좋은 환경이 아니었다. 하지만 녀석이 눈을 빛내는 모습을 보고 나는 망설임 없이 "회사 그만두고 올게."라고 대답했다.

주어진 일상을 누리기보다도 카지타니와 함께 새로운 길을 개척하고 싶다. 그날의 나는 그저 단순히 그렇게만 생각했다.

벤치에 앉아 회색으로 물결치는 바다를 바라보았다. 카지타니를 만난 지 14년, 함께 일한 지 7년. 서른두 살까지 계속되었던 그 관계는 너무도 허망하게 막을 내렸다.

"저기, 커피 안 드실래요?"

뜬금없는 말과 함께 눈앞에 커피 컵이 불쑥 나타났다. 고개를 들자 카메라를 목에 건 소녀가 보였다. 다른 한쪽 손에는 추운 날씨에도 불구하고 쉐이크를 들고 있었다.

"점원이 주문을 착각해서 잘못 만든 것까지 줘서요. 처음 만난 분에게 드릴 생각이었거든요."

"……미안하지만 사양할게."

"일종의 친절이라고 생각하고 받아주세요. 추워 보인단 말이에요."

불만스러운 기색으로 우기던 소녀가 아, 하고 웃었다.

"혹시 수상해서 그러시는 거예요? 제가 먼저 마셔볼까요?"

"알았어. 이리 줘."

입을 대자 블랙커피의 쓴맛이 퍼져나갔다. 자연스럽게 옆에 앉은 소녀는 치나미라고 자신을 소개했다. 혼자 여행하다 보면 사람이 그리워진다고 말하는 쾌활한 목소리로 보아 10대, 좀 더 넓게 잡아도 대학생 정도겠지. 그러고 보니 업무와 상관없는 일로 다른 누군가와 이야기를 나누는 것도 꽤 오랜만이구나 싶었다.

"타케다 씨는 무슨 일을 하세요?"

"프로그래머야. 지금은 프리랜서로 어플리케이션 제작이나 홈페이지 코딩을 해."

구체적인 사이트 이름을 열거하자, 소녀의 눈이 휘둥그레졌다.

"굉장해요. 저도 아는 곳들이네요."

"사실 절반은 파트너였던 녀석의 공이지만 말이야."

파트너"였던"이라는 말에 뭔가 착각했는지, 소녀는 겸연쩍은 듯 목소리를 낮추고 "죄송해요."라고 사과했다. 나는 피식 웃었다.

"오해야. 그냥 살다 보면 자주 겪는 단순한 방향성 차이로 갈라선 것뿐이니까."

카지타니와 나는 책상을 맞대고 아이디어가 떠오르는 대로 다양한 어플을 개발했다. 몇 년간 온갖 시행착오를 겪고 수많은 성공과 실패를 거친 끝에, 우리는 마침내 어플 하나를 완성했다.

바로 "PHOTOMENO(포토메노)"라는 이름의 스퀘어형 사진 사이트였다.

그 어플은 통칭 "포노"라 불리며 젊은 층을 중심으로 세간에 침투했다. 한 번 일어난 물결은 잦아들 줄 몰랐고, 점차 해외 이용자도 늘어나기 시작했다. 부단한 노력만 뒷받침되면 포노는 세계적인 규모의 플랫폼으로 성장할 게 분명했다.

그렇게 판단한 직후의 일이었다.

넉 달 전 우리 회사에 매수 제안이 들어왔다. 상대는 국내 IT업계 1위 기업으로, 포노의 운영권을 인수할 생각이며 더 나아가서는 사내 브랜딩에도 힘써주기를 바란다고 했다.

우리는 즉시 본사로 향했다. 장시간에 이르는 회의 도중에 나는 성공을 확신했다. 예상보다 한자리수 많은 오퍼 금액과 우수한 인력풀. 이 정도면 뭐든지 할 수 있다. 미래의 청사진을 그리며 설레는 마음으로 택시를 타고 돌아가는 길에 녀석이 아쉽다는 듯 한숨을 내쉬었다.

"아무래도 이 건은 무산되겠는걸."

이유는 상대측이 내건 조건 중 하나인 직원의 물갈이였다. 요컨대 신통치 않은 사원을 해고하라는 요구였다. 나는 불가피한 희생이라고 생각했으나, 카지타니는 그래도 내칠 수는 없다며 거부했다.

"그 녀석들이 지금껏 회사를 지탱해온 거야. 성공하자마자 안면몰수라니, 너무하잖아."

"하지만 저쪽과 손잡으면 더 재미난 시도를 해볼 수 있다고. 개발 자금도 풍족하고, 무엇보다 운영 문제로 쓸데없는 걱정을 할 필요가 없어. 상당한 자유가 보장되는 조건이었잖아."

"그렇기는 한데……."

카지타니는 중지로 눈썹을 문질렀다. 녀석이 갈등할 때의 습관이었다.

그 후로 두 달 동안 여러 번 협상을 시도했지만, 정리해고 문제에 관해서는 긍정적인 답변을 얻어내지 못했다. 그 결과 매수 제안 자체가 시들해질 조짐이 보였고, 나는 참다못해 회의실에서 카지타니를 다그쳤다.

"야, 이제 그만 태도를 분명히 해. 뭐가 옳은 선택인지는 너도 잘 알잖아?"

포노의 런칭을 계기로 한 층 전체를 빌려 쓸 만큼 회사 규모가 커졌다는 점은 자랑스러웠다. 하지만 지금 같은 환경에서는 머지않아 그 성장도 한계에 부딪치고 말 것임을 여실히 느낄 수 있었다. 그 난관을 타파할 기회가 눈앞에 있었다.

"세상을 놀라게 하고 싶다며? 그럼 현상유지가 아니라 변화를 선택해. 뭘 망설이는 건데?"

"……그럼 네가 대신 가서 『당신은 실적이 나쁘니 오늘부로 해고입니다』라고 통보하고 오든가. 껄끄러운 일만 남한테 떠맡기지 말고."

"못할 거 없지, 얼마든지 말해주겠어. 난 너와 함께라면 새로운 걸 만들 수 있다고 생각했기 때문에 사직서를 낸 거야. 별 볼일 없는 놈들의 인생에는 관심 없다고."

"너 이 자식, 방금 뭐랬어?"

"그런 식으로 날 꼬드긴 사람은 너였잖아. 안 그래?"

말문이 막힌 녀석은 주먹을 불끈 움켜쥐고 이를 악문 채 "여긴 내 회사야."라고 대꾸했다.

"대학교 때 넌 이 회사에 합류하기를 거부했잖아. 난 3년이나 고군분투했다고. 너한테 그런 말을 들을 이유는 없어."

통렬한 지적이었다.

분노가 급속하게 사그라지며 허탈감이 가슴을 채웠다. 쌓아올린 세월로 인해 넘어설 수 없는 벽이 생겨났음을 절감했다.

"그래? 그럼 내가 나갈게."

나는 시선을 떨구었다. 녀석은 조용히 "알았어."라고 대답했다.

물론 초면인 사람 상대로 그런 개인사를 미주알고주알 털어놓지는 않았지만, 그래도 소녀는 어느 정도 사정을 짐작했는지 그렇군요, 하고 머플러 속에 얼굴을 묻었다. 유람선이 몇 차례 왕복하는 모습을 멍하니 바라보던 우리는 컵이 바닥을 드러낸 것을 계기로 헤어졌다.

그날 이후로 소녀는 기억의 저편으로 밀려났다. 그래서 업무용 폰으로 새해 복 많이 받으라는 연락을 받았을 때, 나는 잘못 걸려 온 전화인 줄만 알았다.

"아이참, 벌써 절 잊으신 거예요? 공짜 커피도 얻어 드셔놓고."

스피커에서 장난스러운 목소리가 새어나왔다. 명함에 적힌 번호를 기억하고 있었다는 소녀는 시간 되면 같이 가고 싶은 곳이 있다고 했다. 썩 내키지 않았던 나는 가기를 꺼렸지만, 결국 커피 한 잔의 빚에 넘어가고 말았다.

약속 장소는 동물원이었다. 팸플릿을 들고 걸음을 옮기는 소녀에게 왜 하필 여기냐고 묻자, 겨울 동물들을 만나고 싶었다며 웃었다. 소녀는 관람객이 드문 우리에 얼굴을 바짝 갖다대고 한 마리 한 마리와 열심히 수다를 떨었다. 그 해맑은 모습에 지난날의 카지타니가 떠올랐다.

3년간 함께 일한 동료들은 내가 이직한다는 소식에 하나같이 고개를 갸우뚱했다.

"뜬금없네. 어떻게 된 거야? 딱히 회사에 불만이 있어 보이지도 않았는데."

"불만은 없어. 프로그래머는 모두 유능했고, 일도 즐거웠으니까."

"아깝다. 넌 출셋길이 보장된 거나 다름없었는데."

"그런 건 상관없어."

독립해서 창업을 하려는 것도 아니고, 굳이 이름 없는 회사로 이직하겠다며 사표를 낸 내가 동료들의 눈에는 기이하게 비쳤을 테지. 하지만 그런 것은 사소한 문제에 지나지 않았다. 난 어디까지나 자의로 녀석과 했던 약속을 지키는 길을 선택했으니까.

"솔직히 넌 이제 나한테는 관심이 없을 줄 알았어."

퇴사한 날 밤중에 둘이서 새 책상을 사무실로 나르는데, 카지타니가 불쑥 입을 열었다.

"왜냐면 대기업 프로그램 부문 리더와 쥐똥만한 회사 대표잖아. 어디로 보나 너한테 득 될 건 없을 테니까."

"뭐든지 처음에는 다 맨땅에서 시작하는 거잖아."

행동으로 의지를 표명하는 카지타니를 나는 진심으로 존경했다. 회사에서 만난 기라성 같은 동세대 사원들에 비하면 카지타니는 천재라고 하기 어려울지도 몰랐다. 하지만 나는 녀석의 디자인이 좋았다. 부단한 노력의 산물인 인망이 부러웠다. 남의 인생을 책임질 각오와 뜨거운 정열을 지녔음에도 녀석이 자신의 재능을 꽃피우지 못하고 있는 거라면 그때의 약속을 지켜야 한다고 생각했다.

"카지타니, 넌 나보다 훨씬 대단해."

너는 언젠가 더 빛나는 자리에 서야만 해.

그 모습을 지켜보기 위해 내가 있는 거니까.

"……그래?"

카지타니는 고개를 돌려 창밖을 보며 코를 훌쩍였다.

"우리 이제 카페라도 갈까요?"

소녀가 하자는 대로 케이크를 먹고 영화를 보았다. 통통 튀는 걸음걸이로 앞장서가던 소녀가 말했다.

"새로 시작한 일은 순조로워요?"

"뭐 하는 일 자체는 거의 비슷하니까."

회사 시절의 거래처가 일을 맡기는 경우도 많았고, 부하들의 뒤치다꺼리를 할 필요가 없어진 만큼 작업에도 속도가 붙었다. 아무것도 달라진 게 없는 나날. 단지 혼자가 되었을 뿐이다.

"저도 홈페이지 하나 만들어달라고 할까 봐요."

"난 비싸."

"헉!"

소녀가 호들갑스럽게 놀란 시늉을 했다. 일부러 나를 불러낸 것도 그렇고, 오늘따라 유난히 쾌활해 보이는 이유도 아마 내 기운을 북돋아주고 싶어서겠지. 앙상한 벚나무 가로수에 카메라를 겨누는 소녀의 뒷모습을 향해 물었다.

"넌 왜 계속 사진을 찍어?"

"글쎄요, 왜 그럴까요?"

건조한 셔터 소리가 울려 퍼졌다.

"제게서 카메라를 빼면 아무것도 남지 않아요. 파인더를 응시할 때만큼은 저에게도 할 일이 있다는 느낌이 들거든요. 열중하게 되는 거예요. 여러 가지 의미로."

"……그래?"

"타케다 씨는 왜 계속 그 일을 하시는 거예요?"

"글쎄, 왤까?"

그저 살아가기 위해서라면 어떤 일을 하든 상관없으련만.

나는 천천히 스마트폰을 켜고, 아직 입을 굳게 다문 꽃봉오리로 카메라를 향했다.

"뭐하세요?"

"그냥 포노로 찍어보는 거야."

"포노요? 그게 뭔데요?"

흥미진진해하는 소녀에게 앱을 보여주었다. 필터로 색상을 보정해 톤다운 된 색감으로 찍힌 벚나무를 보고 소녀가 와아, 하고 탄성을 질렀다. 사진을 올리는 사이트라고 알려주자, 바로 앱을 다운로드해서 계정을 만들기 시작했다. 핵심 기술의 대부분을 담당했던 내가 떠났으니 포노는 앞으로 어떻게 될까? 나는 복잡한 향수를 느끼며 소녀가 앱을 조작하는 모습을 가만히 지켜보았다.

"잠깐, 그 ID는 공개되니까 본명으로 등록하지 않는 편이 나아."

"네?"

"이리 줘봐."

쓰다 만 글자를 지우고 다른 칸에 다시 이름을 적었다. 내 기억이 맞다면 소녀의 풀 네임은 이토 치나미일 터였다.

액정 화면을 차례로 터치해나갔다. 퍼스트네임 입력을 마치려는 순간, 소녀가 갑자기 내 팔을 잡았다.

"죄송한데 한 번만 더 써주시겠어요?"

"왜? 뭐 잘못됐어?"

"아뇨, 하지만 부탁드려요. 성 빼고 이름만 써주셔도 돼요."

묘하게 진지한 목소리로 재촉하는 바람에 나는 다시 액정을 두드렸다.

TI, 치.

NA, 나.

MI, 미.

소녀는 별안간 아아, 하고 탄식하며 바닥에 쪼그려 앉았다. 그리고 정신 나간 것처럼 고개를 흔들며 머리카락을 헝클어뜨렸다.

"왜 그래?"

"……죄송해요. 아무것도 아니에요."

무릎을 끌어안고 나직하게 신음한 소녀는 눈을 비비고 고개를 들었다.

그 표정은 방금 내비친 동요가 거짓말이기라도 한 것처럼 평소와 똑같았다.

우리는 정처 없이 눈 내리는 길을 걸었다. 역 앞의 야외시장은 잠시만 한눈을 팔아도 부딪칠 만큼 붐볐지만, 그 속에서 우리는 오직 둘뿐이었다.

"저는 줄곧 저 자신을 위해 살아왔어요."

소녀는 담담한 어조로 고백했다. 이쪽이 본연의 모습에 가까워서인지, 그 자조적인 분위기가 이상하게 어울렸다.

"계속 사진을 찍어온 까닭은 언젠가 이 여행의 답을 찾을 수 있으리라 생각했기 때문이에요. 하지만 믿어왔던 오늘, 모든 게 다 부질없는 짓이었음을 깨닫고 말았어요."

"……넌 사진만 있으면 충분하다고 했잖아."

"아니오."

소녀는 목소리를 낮추었다.

"그건 찍을 수만 있으면 된다는 뜻이 아니에요. 카메라를 통해서 사람들과 이어질 수 있기에 사진에 가치가 있었던 거지요. 만약 찍혀준 사람들의 미소가 진짜가 아니라면, 그건 결국 제 독선에 지나지 않아요."

그렇게 말하며 표정을 일그러뜨리는 소녀의 고독은 헤아릴 수 없었다. 머플러 속에서 간절한 목소리가 들려왔다.

"타케다 씨는 혼자가 돼서 무슨 생각을 하셨어요?"

나는 왜 일하는 걸까?

첫 직장에 다니던 시절처럼 널리고 널린 사회인으로 일생을 마칠 수도 있다. 담담하게 돈을 벌고 가끔은 쉬고, 그러다 이윽고 죽어가겠지.

카지타니가 없으면 나는 그저 평범한 프로그래머일 뿐이다.

"……난 아마 누군가가 나를 필요로 해주는 게 필요한 걸 거야."

내 대답을 들은 소녀는 온화하게 "그런가요?" 하고 눈을 감았다. 그 모습이 자기 자신에 대한 참회처럼 비쳐, 나는 불안한 마음으로 물었다.

"네가 후회하는 건 돌이킬 수 없는 일이야?"

"네."

"왜 그렇게 단언하는데?"

"이제 그 사람하고는 만날 수 없으니까요."

그 음성은 무겁고, 그러면서도 냉정했다. 분명 소녀는 셀 수 없을 만큼 많은 생각을 한 끝에 과거를 받아들이기로 마음먹은 거겠지.

"그러니 아직 바로잡을 수 있다면, 타케다 씨는 할 수 있는 일을 해주세요."

"……알았어."

옆에서 느껴지던 인기척이 홀연히 사라졌다. 돌아보니 소녀는 인파 속에 우두커니 서 있었다.

"죄송해요. 갑자기 볼일이 생각나서요. 이쯤에서 작별해야겠네요."

미소가 어색했다. 나는 지적했다.

"그거, 거짓말이지?"

소녀는 놀란 얼굴을 했다. 표정에 금이 가며 슬픔이 넘쳐흘렀다.

"왜 그렇게 억지로 웃어? 무슨 일이 있었던 건데?"

힘이 되어주지는 못할지도 모른다. 그래도 이야기 정도는 들어줄 수 있다.

"넌 사실은 무슨 생각을 하면서 살아온 거야?"

소녀는 이번에는 제대로 웃었다. 그리고 조용히 입을 열었다.

"부탁 하나만 들어주시겠어요?"

◆

눈 녹은 아스팔트를 아침 햇살이 비추었다. 수량이 불어난 개울에서 맑은 물소리가 들려왔다.

난간에 기대어 손목시계를 보았다. 먼저 불러낸 입장임에도 불구하고 나는 다소 긴장한 상태였다.

"미안, 늦었지?"

클러치 백을 든 카지타니가 맞은편에서 다가왔다. 다리 한가운데에서 우리는 석 달 만에 재회했다.

"왔냐? 커피 마실래?"

"됐어. 요새 카페인 섭취를 삼가는 중이라."

"그래?"

남아버린 커피를 한쪽 손에 쥔 채로 캔을 땄다. 카지타니는 팔짱을 끼고 엉뚱한 방향을 보며 물었다.

"그나저나 왜 하필 옛날 사무실 근처에서 보자고 한 건데?"

"둘 다 집에서 가깝잖아. 일하기 전에 보려면 이게 편하지."

"뭐야, 너도 바쁜 모양이네?"

"그래. 염려해준 덕분에."

알맹이 없는 대화만이 오갔다. 이런 이야기를 하려던 게 아니다. 도망치고 싶은 마음을 진정시키고 어렵사리 운을 뗐다.

"……미안해."

카지타니는 말없이 먼 곳을 바라보았다. 단정하게 자른 짧은 뒷머리가 바람에 흔들렸다.

"다양한 가능성을 검토해봤어. 아마 우리는 따로 떨어져서도 잘 살 수 있을 거야. 그냥 내버려둬도 자기 나름의 목표를 달성할 수 있겠지."

하지만 그래서는 의미가 없다.

"뭘 해내든 네가 없으면 단순한 일에 불과해. 역시 난 너하고 같이 도전해보고 싶어."

"……만족스럽지 못한 기분으로 회사에 돌아와 봐야 난 기쁘지 않아."

"카지타니."

"내 말은, 그러니까……."

카지타니는 내 손에서 캔 커피를 낚아채더니, 꿀꺽꿀꺽 목을 울리며 단숨에 들이켰다.

"난 네 재능을 믿어. 네가 전력을 발휘할 수 있는 장소를 마련하지 못하면 그건 다 내 책임이라고."

거칠게 내뱉은 녀석이 턱을 문질렀다. 그게 쑥스러움을 감출 때의 네 습관이라고 말해주면 화내려나?

"……매수 건은 어떻게 돼가?"

"저쪽도 끈질겨서 말이야. 그래도 어떻게든 해봐야지."

녀석은 즐거운 듯 씨익 웃었다.

그 모습을 보자 이제 괜찮겠구나 하는 생각이 들었다.

"다시 잘 부탁한다."

"그래."

과제는 산더미처럼 많다. 그렇지만 우리는 둘이 함께이기에 강한 것이다. 친구로서, 비즈니스 파트너로서, 아직 이루어야 하는 목표가 있다.

틀림없이 다다를 수 있으리라.

그 사실을 증명하기까지는 아직 조금 시간이 필요할 테지만 말이다.

"그나저나 왜 갑자기 마음이 바뀐 건데? 너 완전 황소고집이잖아."

"여자애한테 설득 당했거든."

"뭐야, 여자 친구 생겼어?"

"아니, 걔랑은 잠깐 이야기한 게 다야. 두 번밖에 만난 적 없어."

"뭐?"

"그냥 좀 그럴 일이 있었어."

"……어쨌든 걔한테는 언젠가 사례를 톡톡히 해야겠네."

"그래야지."

이제는 불가능한 일이지만, 카지타니에게는 말하지 않았다.

나는 부디 그 소녀가 행복해졌기를 바랐다.

삼촌께

저는 자기중심적으로 살아왔습니다. 수많은 민폐를 끼쳤어요.

그러니 하다못해 누군가를 위해 시간을 쓴다면 조금이나마 용서받을 수 있지 않을까 싶었던 거예요. 안일한 생각이었지요. 삼촌의 소망은 그렇게 진부한 것이 아니었던 거군요.

저에게는 아직 못 다한 사명이 있습니다.

이제 누군가와 얽히는 일은 없겠지만, 다 제가 초래한 결과니까요.

끝까지 완수해내야만 해요.

설령 사과할 일만 가득하다 할지라도, 그게 제 존재의의니까요.

2016년 1월 17일(일)

치나미 올림

2017-12-05

[전 사진 찍는 게 취미예요. 아참, 말씀 안 드려도 아시겠네요^^; 이 고양이 좀 보세요. 요즘 저를 졸졸 따라다녀요. tai 님은 평소에 뭘 하시나요?]

[평범한 대학생이에요. 수업 듣고 알바하면 하루가 가요.]

어쩌다 보니 새 사진 계정 주인과 쪽지를 주고받게 되었다. 꼼꼼한 건지 허술한 건지, 연락은 항상 사흘 간격으로 왔다. 사진을 첨부한 소소한 메시지를 받을 때마다 답장으로 내 근황을 적어 보내는 게 습관이 되었다. 그쪽은 계정명을 따서 나를 tai 님이라고 불렀다. 나는 뭐라고 부르면 좋겠느냐고 묻자, 「아이라고 불러주세요」라는 대답이 돌아왔다.

"저기, 내 말 듣고 있어?"

"응? 그럼, 당연하지."

"정말? 그럼 방금 무슨 질문 했는지 말해봐."

"어…… 예제 3번의 해설?"

"땡! 애초에 질문을 안 했어. 알바에 대해 불평하는 중이었습니다!"

카미는 심통 난 기색으로 참고서를 흐트러뜨렸다. 겨울방학을 앞두고 우리는 학생식당에서 각자의 학부 시험범위를 가르쳐주는 중이었다.

"미안하다니까. 그래도 거의 다 알려줬으니까 좀 봐줘. 나머지는 시험 전에 봐도 충분하니까."

"그래? 좋아, 타이시 네가 그렇게 말한다면 믿을게."

카미는 수업 프린트를 쓸어 모아 가방에 넣었다. "타이시, 오늘은 알바 없지?"라고 확인하듯 묻는 바람에 쇼핑하는 데 따라가게 되었다. 우리는 정문을 나와 시부야 쪽으로 걸었다.

"으아, 춥다! 이제 진짜 겨울이네."

"12월이니까."

"그렇구나. 곧 크리스마스라니, 시간이 참 빨라."

"근데 카미, 나랑 이러고 돌아다녀도 괜찮아? 남친이 화내는 거 아냐?"

"그냥 친구랑 쇼핑하는 것뿐인데 뭐. 괜찮아."

카미는 으으, 하고 신음하며 더플코트에 감싸인 어깨를 웅크리고 부르르 떨었다.

"그러고 보니 본 적이 없네. 카미, 네 남친은 어떤 사람이야?"

"……굳이 말하자면 평범한 사람이랄까? 평범한 회사원이고, 평범하게 자상해."

"너무 두루뭉술하잖아. 무슨 일 하는데?"

"글쎄, 잘 몰라."

"남친인데?"

학교에서 보는 카미는 야무진 느낌인데, 남자친구랑 있을 때는 뭔가 다른 걸까? 지금보다 더 많이 웃을지도 모른다.

"그러고 보니 타이시, 넌 고향이 어디야?"

"시즈오카."

"그렇구나. 난 나고야인데. 연말에는 본가로 내려가?"

"아니, 올해는 안 가려고."

정확히는 "올해도"다. 학회와 아르바이트 등등, 그럴싸한 사정을 열거한 답장을 막 엄마에게 보내놓은 참이었다. 실제로는 한가했다. 하지만 이제 와서 집에 내려갈 이유를 찾기보다는 혼자 있는 게 편했다.

번화가에 가까워질수록 행인이 늘어났다. 스산한 겨울 하늘을 수놓은 일루미네이션을 보자, 아이가 비슷한 풍경을 찍어 보내줬던 게 생각났다. 다시 메시지를 찾아보니 휘황찬란한 전구 장식이 시내를 알록달록하게 휘감고 있는 게 보였다.

사진에서 풍기는 분위기 때문에 프로인 줄 알았으나, 아이는 아직 열아홉 살 먹은 소녀라고 했다. 시골에 살아서 가족들과 여행을 갈 때마다 카메라를 챙겨가는 모양이었다. 「내가 아는 사람도 새 사진을 즐겨 찍었는데」라고 하자, 기쁜 듯 「정말요? 마음이 맞을 거 같네요」라고 말했다.

아이의 사진은 중학교 때 만난 그 사람을 떠올리게 했다. 새라는 피사체와 번진 듯한 필름의 색감 탓일까. 옛 생각의 영향인지 그 투명한 콧노래가 귓가에 되살아났다. 이상하리만큼 생생하게 재생되어갔다.

그 선율이 기억 속에서 들려오는 게 아니라는 사실을 깨닫는 데는 몇 초가 걸렸다.

그 노래가 거리에 울려 퍼졌다.

그 사람이 흥얼거렸던 노래였다.

"타이시, 왜 그래?"

"카미, 이 노래 알아?"

아니, 하고 카미가 고개를 저었다. 나는 필사적으로 귀를 기울였다. 거리의 소음에 부딪쳐서 흩어져가는 단어를 모아 몇 줄의 가사로 짜 맞췄다. 휴대폰으로 검색해보니 2005년에 개봉한 영화 주제가가 나왔다. 틀림없었다. 당시에는 아직 어렸던 나도 제목은 들어본 적이 있었다. 내년 극장판 애니메이션화 소식을 담은 기사를 통해 동명의 원작이 존재한다는 사실을 알게 되었다.

"미안한데 잠깐 서점에 들러도 될까?"

참을성이 바닥나 정신없이 인파를 헤치고 맨 먼저 눈에 띈 서점으로 뛰어 들어갔다. 잡지와 신서 코너를 건너뛰고 에스컬레이터를 뛰어 올라가 문고본이 진열된 책꽂이를 손으로 훑었다.

찾았다.

『너에게 쓰는 비밀』이라고 적힌 얇은 책등을 빼들었다. 지은이는 키타미 치후유. 두 소녀가 손을 잡고 활짝 핀 벚꽃을 향해 경쾌하게 달려가는 일러스트가 표지였다.

"뭐야? 왜 난데없이 뛰고 그래? 나 힐 신었단 말이야."

숨을 헐떡이며 카미가 불평했다. 나는 별 생각 없이 뒤표지의 줄거리 소개문을 보았고, 깜짝 놀라 반사적으로 책을 가방에 쑤셔 넣었다.

"잠깐, 그거 도둑질이잖아!"

"아……."

허둥지둥 계산대로 가서 책값을 치렀다. 떨떠름한 기색으로 기다리던 카미에게 겨울옷 쇼핑은 다음번으로 미루자고 사과했다. 카미가 그 책은 뭐냐고 물었지만, 바로 대답해주지는 못했다. 너무나 뜬금없는 상상이었기에 우선 내 눈으로 확인하고 싶었기 때문이다. 카미와 헤어지기가 무섭게 집으로 뛰어왔다. 가방을 내팽개치고 서둘러 책장을 넘겼다.

아니나 다를까, 내 예감은 적중했다.

그 소설은 놀이터에서 그 사람이 들려준 이야기와 똑같았다. 병약한 유미와 쾌활한 치사토는 병원에서 우연히 만난다. 두 소녀는 조금씩 마음을 나누게 되고, 치사토는 유미의 꿈을 이루어주고자 여행을 계획한다. 그러나 시간의 흐름이 다른 둘 사이에는 점차 거리가 생기고…… 라는 스토리였다. 세부적인 요소는 다를지언정, 그 사람이 설명한 것은 이 소설의 내용임이 분명했다.

어떻게 된 거지? 그날 그토록 흥분해서 들려준 모험담은 가짜였고, 그냥 나를 놀려먹으려고 한 것에 불과했다는 뜻인가?

역시 나는 그 사람에게 "그 외 다수"일 뿐이었나?

쓰러지듯 누운 침대에서 휴대폰이 진동했다. 아이가 보낸 메시지였다.

[요즘 날씨가 춥네요. 하지만 그만큼 공기가 맑아서 전 오히려 기뻐요]

붓질한 것처럼 하얀 구름이 떠 있는 이른 아침의 하늘 사진이 딸려왔다. 답장을 쓰려던 손이 멈칫했다. 답장을 늦게 보내는 아이에게 조금 더 정리된 글을 써 보내는 게 좋지 않을까 싶어 머릿속으로 퇴고를 해봤지만, 결국은 여느 때처럼 무심하게 써내려갔다.

[그러게, 추워졌네. 혹시 『너에게 쓰는 비밀』이라는 영화 본 적 있어? 여덟 살 때 영화라 난 제목밖에 몰랐거든. 아이는 어렸을 때 어떤 애였어?]

하루쯤 이따가 보내자. 휴대폰 화면을 끄고서 멍하니 천장을 올려다보았다. 그 사람과 보낸 며칠이 갑자기 리얼하게 되살아났다. 엄습해오는 허무함과 짜증을 떨쳐내고 몸을 일으켰다.

그래도 역시 되는 데까지는 알아보자.

무려 7년 만에 처음 발견한 그 사람의 실마리 아닌가. 진상이 밝혀질 때까지는 그레이인 채로 놔둬도 되겠지. 나는 책 뒤의 판권장을 확인하고, 학부 교수에게 메일을 보냈다.

"……근데 결국 자기가 하고 싶은 일을 솔직하게 이야기하는 게 최고야. 나도 응원할 테니까 취업 활동 열심히 하고."

"네, 감사합니다."

"그래. 그럼 잠깐만 여기 앉아 있어."

선배는 내게 그렇게 일러두고 자리를 떴다. 문예 편집부의 회의 공간에서 나는 그 뒷모습을 배웅했다.

대학 연구실을 돌면서 수소문한 결과, 세 번째 연구실의 4년 선배가 그 책을 낸 출판사에서 일한다는 사실을 알아냈다. 시간을 내어 면접과 이력서 작성에 도움이 될 만한 조언을 해준 선배에게 감사하며 마음을 다잡았다. 또 하나의 목적을 이루기 위해 5분만이라는 조건을 걸고 어렵게 얻어낸 기회를 놓치지 않도록 머릿속을 가다듬었다. 생각이 정리되자마자 선배가 그 사람을 데리고 돌아왔다.

"야마우라, 이 분이 사타케 편집자님이셔."

소개받은 여성분이 살짝 고개를 숙였다. 40대 중반쯤으로 보였는데, 온화하고 상냥한 인상이었다.

"야마우라라고 합니다. 바쁘신데 시간을 빼앗아서 죄송합니다. 저어, 이건 약소하지만……."

선물인 화과자를 내밀었다. 뭘 이런 걸 다 가져오셨느냐며 미소 지은 사타케 씨가 맞은편에 앉아서 나를 바라보았다.

"저한테 여쭤보실 게 있다면서요?"

"네. 이 소설의 등장인물에 관해 좀 알고 싶어서요."

나는 테이블에 책을 올려놓았다.

사타케 씨는 『너에게 쓰는 비밀』의 담당 편집자였다. 이번에 출간된 신판은 다른 사람이 맡았지만, 내년 극장판 애니메이션 제작 위원회에는 지금도 출석하는 모양이었다.

"주인공인 병약한 소녀 "유미"는 키타미 작가님 본인이라고 들었습니다."

알고 보니 그것은 유명한 이야기였다. 키타미 치후유 본인의 경험을 바탕으로 한 논픽션 풍 청소년 소설. 작품을 집필한 스무 살 남짓한 나이에 그녀는 이미 불치병으로 몇 년밖에 살 수 없다는 시한부 선고를 받은 상태였다. 벌써 20년도 더 지난 일이네요. 그렇게 말하며 사타케 씨는 아련한 눈빛을 했다.

"맞아요. 작가님과 가족 분들의 심경도 생각해야 하니 공개된 것밖에는 말씀 못 드리지만요. 작가님이 저희 편집부 앞으로 원고를 보내왔어요. 사내에서 회의가 열렸고, 일단 만나보자는 결정이 내려졌지요. 처음 댁으로 인사드리러 갔을 때는 병세가 꽤 악화된 상황이었어요. 잠깐 일어나서 인사하는 것도 힘에 부치는 느낌이었으니까요."

『너에게 쓰는 비밀』은 키타미 치후유의 첫 소설이었다고 한다.

인터넷에 올라온 양친의 짧은 인터뷰에는 원고가 완성되기까지의 경위가 나와 있었다. 키타미 치후유는 자신의 책이 최대한 널리 알려졌으면 하는 뜻을 굽히지 않았고, 그 신념에 따라서 지극히 사소설[#2] 풍이었던 문장을 큰 폭으로 수정했다고 했다. 담당자로서 그 과정에 동참한 사람이 바로 사타케 편집자였다.

"책 다 읽었습니다. 아주 좋았어요."

특히 결말이 인상적이었다. 고독했던 유미는 치사토와 함께 하는 나날들 속에서 삶의 기쁨을 깨닫는다. 그 후 치사토는 전학을 가게 되지만, 유미는 친구가 남겨준 빛을 가슴에 품고 자기 운명을 받아들여 앞으로 나아간다. 그 모습은 참으로 꿋꿋하고 아름다웠다.

"작가님이 들으시면 틀림없이 기뻐하실 거예요."

그 말과는 반대로 사타케 씨는 복잡한 표정을 지었다. 편집자로서, 그리고 한 인간으로서 그 죽음을 안타까워하는 눈치였다. 데

#2 사소설 작가 개인의 경험을 충실하게 재현하는 문학 장르.

뷔작이자 유작이 될 운명인 책을 파는 입장에서 여러모로 느끼는 바가 있었던 거겠지.

“실사영화가 흥행에 성공하면서 정말로 세간의 인정을 받은 작품이 되었으니까요. 작가님의 친구분도 읽어보셨다면 좋겠는데 말이에요.”

“친구요?”

“네. 작가님에게는 병원에서 자주 만나는 친구가 있었다고 해요. 작품의 내용은 거의 다 그 당시의 일을 모티브로 했고요. 그래서 이 이야기는 소설의 형식을 빌리기는 했지만, 사실은 치사토의 모델이 된 아이가 봐주기를 바라며 쓴 게 아닐까 싶어요.”

당연히 작가가 투병 생활을 시작하기 전의 에피소드인 줄만 알았다. 하지만 아니었다. 그것은 실제로 키타미 치후유가 한 소녀와 공유한 시간의 기록이었다.

“그 친구에 관해 뭔가 아시는 건 없나요? 어쩌면 제가 아는 사람일지도 몰라서요.”

비현실적인 생각임은 안다. 소설 초판은 키타미 치후유가 세상을 떠난 1993년에 나왔다. 가령 중학생이었던 나를 처음 만났을 때의 그 사람이 동안인 스무 살이었다고 쳐도, 책이 출간됐을 때는 세 살이다. 본인일 리가 없다. 애초에 생김새부터가 다르다. 치사토와의 유일한 공통점은 카메라를 가지고 다닌다는 점뿐이었다.

그럼에도 모델이 된 소녀의 이야기는 궁금했다. 그 사람과의 공통점이나 사고방식처럼, 글만 보아서는 알아낼 수 없는 특징을 발견하게 될지도 모르니까.

"……미안해요. 저도 그 친구분은 만난 적이 없어요. 하지만 작중 치사토의 인상과 똑같다고 작가님이 말씀하셨어요. 천진난만한 성격에 생각나는 건 뭐든지 실행에 옮기는 아이였던 모양이에요."

정말 그게 다예요. 도움이 되지 못해서 미안하군요. 사타케 씨가 사과했다. 손목시계를 흘끗 곁눈질하는 모습에서 슬슬 물러날 때가 되었음을 알 수 있었다.

"오늘은 여러 가지로 감사했습니다. 애니메이션 방영, 기대되네요."

"고마워요, 저도 그렇답니다."

사타케 씨는 상냥하게 웃었다.

[유명한 책인가 보네요. TV를 잘 안 봐서 몰랐어요. 옛날에는 주로 집에서 노는 아이였던 것 같아요. 종종 할머니 댁에 가서……]

웬일인지 하루 늦어진 메시지가 이른 오후의 도서관에 도착했다. 잠시 자리를 비웠던 카미가 휴대폰을 집어넣으며 돌아왔다. 오늘은 그냥 식당에서 먹자는 결론을 내리고, 우리는 교정을 걸었다.

"타이시, 크리스마스에는 뭐해?"

"집에서 자야지."

"뭐야, 쓸쓸한 연말이네. 아참, 그러고 보니 전에 그 책은 뭐였어? 쫓아가느라 애먹었으니까 똑바로 설명해."

트렌치코트 차림의 카미가 팔짱을 꼈다.

"옛날에 모르는 여자애한테서 설레는 마음으로 들었던 이야기가 알고 보니 어느 소설 내용을 고스란히 따온 거여서 실망했다는 사연입니다."

"뭐야, 걔가 그 소설 팬이었다는 소리야?"

"그렇겠지. 카미, 『너에게 쓰는 비밀』 읽어본 적 있어?"

"아니. 그런 영화가 있다는 사실도 너한테 듣고서야 알았는걸? 원래 잘 안 보는 편이라서."

고개를 젓는 카미에게서 시선을 뗐다.

결국 그 사람은 나를 편리한 심심풀이 도구 정도로 여겼던 거겠지.

마지막 약속을 어긴 까닭도 나한테 질려서 귀찮아졌기 때문이다.

"그래서 지금은 아이한테 푹 빠져 산다 이거지?"

"그냥 어쩌다 보니 연락하게 된 것뿐이야."

"에이, 아닌 거 같은데? 아무튼 첫사랑의 환상을 덧씌우는 건 가엾으니까 그러지 마."

메시지를 주고받다 보니 점점 아이가 그 사람처럼 느껴지기 시작했다. 다소 엉뚱한 화제 전환 방식이라든가 자유분방한 말투가 어딘지 모르게 그 실루엣과 겹쳐졌다. 역시 나는 그 사람을 좋아했나 보다. 설령 씁쓸한 기억일지라도 아이에게서 그 그림자를 발견하고 말 정도로.

그러나 계기야 어찌됐든 나는 순수하게 아이와 대화를 나누는 게 즐거웠다.

해가 바뀐 지 일주일도 채 못 되는 날 저녁, 웬일로 내 휴대폰에 전화가 걸려왔다.

"여보세요, 타이시?"

"네."

"서먹하게 웬 존댓말이야? 잘 지냈어?"

"……죄송한데 누구신가요?"

아하하 밝은 웃음소리를 낸 상대방이 료타라고 이름을 밝혔다.

"아, 료타구나. 오랜만이네."

"그래. 이제 기억나?"

중학교 때 같은 반이었다. 항상 축구부였던 나오키와 찰싹 붙어 다녔다.

"그래, 맞아. 그 료타야."

료타는 유쾌한 기색으로 말을 이었다.

"지금 뭐해?"

그런 식으로 떠보는 질문에 넘어갔다가 좋은 꼴을 본 기억이 없었으므로, 나는 신중하게 대답했다.

"그냥 학교 과제랑, 이것저것."

"연초부터 바쁜가 보네. 방해됐어?"

"아니, 뭐 그렇게 중요한 건 아냐."

"그래? 실은 지금 쁘띠 동창회 중이거든. 그러다 네 이야기가 나와서 전화해본 거야."

"아, 그랬구나."

"타이시, 시즈오카에 안 내려왔어?"

"응."

"그럼 어디 있는데?"

"도쿄."

"엇, 진짜?"

료타의 목소리가 커졌다.

"우리도 도쿄인데. 그럼 이따가 밤에 보지 않을래? 신주쿠에 술집 예약해놨거든."

아쉽다. 시즈오카라니 타이밍이 안 맞네. 미안, 난 못 갈 거 같아. 다음에 보자.

준비해둔 대사를 읊으려던 나는 "그래? 그럼 가볼까?"라고 대답할 수밖에 없었다. 나가노랑 나오키도 올 거야. 끊기 전에 료타가 덧붙였다.

[지금부터 중학교 동창들을 만나러 가. 5년 가까이 못 봤던 애들이라서 좀 긴장되네]

개찰구를 빠져나오니 새해를 맞은 신주쿠 동쪽 출구에는 느슨한 분위기가 감돌았다. 휴대폰 지도가 알려주는 대로 따라가 상가건물에 자리한 작은 해물 요리 전문 술집의 문을 열었다. 방에 있던 세 남녀가 나를 보았다.

"아, 타이시다!"

까닥까닥 손짓하는 빨간 스웨터에는 의외로 옛날 얼굴이 남아 있어, 굳이 말하지 않아도 료타임을 알 수 있었다. 주근깨가 난 나오키가 "왔어?"라며 입가에 미소를 머금었다.

"진짜 오랜만이네. 중학교 때 이후로 처음 아냐?"

"기억이 정확하다면 아마 그럴걸?"

"하긴 타이시는 작년 성인식 때도 안 내려왔으니까."

컬이 들어간 갈색 머리를 어깨까지 기른 나가노가 메뉴판을 내밀었다. 무척 차분한 분위기라 거리에서 스쳐지나가도 알아보지 못했을 것 같았다. 료타는 재수해서 구(舊) 제국대[#3]에 들어갔고, 나머지 둘은 시즈오카에 있는 대학에 다닌다고 했다. 그럼 나가노랑 나오키는 자주 봐? 맥주로 건배하며 내가 묻자, 나오키가 장난스러운 말투로 털어놓았다.

"우리 사귄다."

반사적으로 기침을 하고 말았다. 눈초리가 가늘어지는 나가노를 료타가 가로막으며 "중학교 졸업식 날 이 녀석이 고백했거든." 하고 흐뭇한 기색으로 나오키를 가리켰다.

"근데 타이시, 내 말 좀 들어봐. 나오키 저거 진짜 나쁜 놈이다? 『나오키는 취해서 담배 피면 꼭 네 이야기를 하더라. 너한테 홀딱 빠졌나 봐.』라고 성인식 날 동창회에서 이야기했거든? 근데 보니까 나가노 눈에 웃음기가 전혀 없더라고. 정색을 하고 『나오키 너 담배 안 핀다며?』라지 뭐야? 그래서 애꿎은 내가 싹싹 빌었다니까?"

작년에 동창회를 한 모양이다.

처음 듣는 이야기였다. 아마 소식을 접했더라도 내려가지는 않

#3 구 제국대 도쿄대를 비롯한 일본의 명문 국립대 일곱 곳의 통칭.

았을 테지만, 약간 동요했다. 옆 반 누구는 어쨌다더라, 걔들은 헤어져서 저쨌다더라. 생각날 듯 말 듯한 화제들이 이어졌다. 나오키는 3학년인데도 이미 대기업 입사가 결정됐다고 했다. 깨닫고 보니 다들 나보다 한참 앞서가고 있었다. 나는 어깨를 움츠리고 오징어구이를 질겅질겅 씹었다.

그 후로 한동안 술판이 벌어졌다. 3차까지 가서 뭐든 다 될 대로 되라는 심정으로 기분 좋게 화장실에서 나오다가, 벽에 기대선 나가노와 마주쳤다.

"응?"

"안녕, 야마우라."

"화장실 가려고?"

"응."

빈칸을 가리키며 들어가라는 신호를 보냈지만, 나가노는 으음~ 하고 고개를 살며시 기울이며 애교스러운 목소리를 냈다.

"나 말야, 아무래도 나오키랑 결혼하게 될 거 같아."

"……그래?"

"싫지 않고, 마음도 맞고. 굳이 헤어질 이유가 없으니까. 아마 이대로 어정쩡하게 계속되겠지. 어차피 별 상관은 없지만. 나오키가 또 나한테 비밀을 만들지만 않으면."

결혼이란 그런 식으로 결정하는 걸까? 머릿속이 몽롱해지기 시작한 나는 긍정도 부정도 하지 않고 고개를 흔들었다. 옆으로 지나가려는데 나가노가 헤실헤실 웃으며 내 앞을 가로막았다.

“사실은 나 옛날에 야마우라 널 좋아했었어.”

나가노의 손끝이 내 가슴에 닿았다. 지나치게 거침없는 그 태도에 사실 나가노야말로 나오키에게 비밀이 있는 게 아닐까 하는 생각이 들었다. 살짝 치켜든 촉촉한 눈에서 뒷걸음질 치며 나는 내 목덜미를 쓰다듬었다.

“……그래? 눈치채지 못해서 유감이네.”

내 대답에 나가노는 노골적으로 흥이 깨진 표정을 지었다. 그리고 아프게 손톱을 거둬들이고 “그러게.”라며 거칠게 화장실 문을 닫았다. 자리로 돌아가 보니 나머지 둘은 담배를 피우는 중이었고, 나오키는 탁자에 엎드려 “꼭 행복하게 해주고 싶어.” 하고 주절주절 잠꼬대를 늘어놓았다. 료타와 눈이 마주쳤다. 나가노는 취하면 골치 아프지, 하고 메마른 목소리로 웃었다.

뭐라고 대답했어야 했던 걸까?

퍽퍽한 닭꼬치를 베어 물었다. 사방이 주정뱅이로 가득한 소란스러운 좌식 테이블에서 나는 무릎을 끌어안고 천장을 올려다보았다.

자정을 넘겨서야 겨우 술자리가 끝났다. 3차로 간 곳에서도 인당 몇천 엔씩 걷고 부족한 돈은 내가 내겠다며 또 한 차례 실랑이를 벌인 끝에, 마침내 나가노가 나오키를 부축해서 택시에 올라탔다. 막차를 타려고 뛰어가는데, 료타가 호주머니에서 손을 빼들고 “다음에 보자.”라며 하얀 입김을 내뿜었다.

우리에게 ”다음”이 있을까? 인적 드문 승강장에서 나는 마음속으로 자문해보았다.

이튿날 아침, 숙취에 시달리며 눈을 떠보니 아이에게서 답장이 와 있었다.

[그러고 보니 말씀드린다는 걸 깜빡했네요. 새해 복 많이 받으세요. 전 요즘 계속 별만 보며 지냈답니다. 어땠어요? 오랜만의 재회는 즐거우셨나요? 역시 다들 달라졌던가요?]

[글쎄, 반반이려나? 결혼을 생각하는 여자 동창도 있었고, 다들 앞서가는 느낌이라 놀랐어. 난 아직 그런 결정을 내려 본 적이 없으니까]

모두 달라졌고, 달라지지 않았다.

그들은 변함없이 제멋대로에 무심하고 무책임했다. 하지만 모르는 사이에 부쩍 어른이 되어 있었다. 어쩐지 나만 혼자 뒤쳐진 느낌이 들었다.

[그럼 반대로 생각해보시는 건 어때요? 많은 일들이 미래에서 날 기다리고 있다고 생각하면 조금은 즐겁지 않나요? 아무튼 오랜만에 신경 써서 연락 주는 친구가 있다는 건 참 행복한 일 같아요]

입시 학원 답안지를 채점하던 손이 멎었다. 아이가 보낸 메시지를 한동안 가만히 응시하다가, 나는 료타 일행에게 「만나서 즐거웠어」라는 멘트와 함께 우스꽝스러운 표정의 이모티콘을 보냈다.

자연스럽게 아이에 관한 지식이 늘었다. 아이는 남의 이야기를 듣는 것을 좋아했다. 답장이 오는 간격은 다소 줄어들었다.

[집 근처에서 자주 보이는 고양이야. 아이가 좋아할 거 같아서]

[그야 물론 부비부비하고 싶지만, 전 tai 님이 귀엽다고 생각한 고양이 사진을 보고 싶다고요]

[나도 귀엽다고 생각했어]

[그런 거 말고요, tai 님에 대해 알려주세요]

내가 좋아하는 것이나 하고 싶은 일. 아이는 그런 이야기를 듣고 싶어 했다.

[요즘은 슈퍼 히어로 영화를 자주 봐]

[정말요? 좀 뜻밖이네요]

[온천 가고 싶다]

[그거 좋네요. 숨은 명소를 탐험하고 싶어요]

[요새 허리가 아프거든]

[맨날 앉아만 있으니까 그렇죠. 등 운동은 열심히 하고 계세요?]

[……이런 이야기가 재밌어?]

[재밌어요. 제가 알고 싶은 건 제가 보고 싶은 풍경이 아니라 tai 님이 본 풍경이니까요]

사진 한켠에 찍힌 비둘기에게 모이를 주는 노숙자를 보고 [일 안하고 사는 것도 자유로워서 좋을 거 같아요]라고 아이는 말했다. 하지만 그렇다고 취직을 안 해도 되겠다는 생각은 들지 않아, 딱히 청개구리 심보가 발동한 것은 아니었지만 그냥 한 번 취업 세미나를 들으러 가보기도 했다.

[잘 하셨어요. 전 일하는 사람도 좋아해요]

"타이시, 너 요즘 왠지 징그러."

"왜 갑자기 시비야?"

노크는 몇 번, 인사는 몇 초. 누가 정했는지 모를 시답잖은 내용의 자료를 챙겨들고, 우리는 학교를 나섰다.

"세미나가 너무 시시해서 배고프다. 우리 뭐 먹을래?"

"오코노미야키는 어때?"

"그거야!"

바로 그게 징그럽다고. 그렇게 말하며 카미가 소름 돋는다는 듯 양팔을 쓸었다.

"어느새 타이시 네 안에 호불호의 개념이 생겨났잖아."

지극히 무례한 평가와 함께 의혹 어린 눈길을 보내왔다.

"확실해. 너 최근에 무슨 일 있었지?"

"아니, 딱히."

"아, 알았다."

"뭘?"

"아이구나."

"뭐?"

"……좋아하는 거지?"

"아냐."

반사적으로 부정했지만, 거짓말이었다.

나는 아이가 신경 쓰이기 시작했다

휴대폰이 울리면 저절로 눈길이 갔고, 대수롭지 않은 잡담에도 깊은 의미를 부여하고는 했다. 이제 그 사람과는 거의 상관이 없었다. 아이의 존재 그 자체가 내 일상에 특별함을 더해주기 시작했다.

그 사람이 너무도 싱겁게 멀어져갔다.

중학교 시절의 추억도, 최근에 와서야 진실이 밝혀진 허탈감마저도 이젠 됐다고 넘겨버릴 수 있게 되었다. 어쩌면 아이와의 거리가 줄어드는 일은 없을지도 모른다. 글로 소통하기에 유지되는 관계일지도 모른다. 다만 진정한 의미로 아이를 마음에 둔다면, 그 사람에 대한 감정은 조만간 매듭을 지어야 할 테지.

오코노미야키 가게를 찾는 카미 옆에서 나는 세미나 도중에 온 메시지를 확인했다. 파란색과 흰색으로 나눠지는 급경사의 경계에서 녹색의 침엽수가 선명한 대비를 만들어냈다.

[얼마 전에 스키장에 다녀왔어요. 참, 카미 언니는 잘 지내나요? 활동적인 사람이니까 여행도 많이 다닐 거 같아요]

흘끗 돌아보니 카미는 왠지 무서운 표정으로 스마트폰을 만지작대는 중이었다. 딱히 들여다볼 마음도 없었건만, 저기, 하고 부르자 카미는 황급히 휴대폰 화면을 껐다.

"미안, 놀랐어?"

"……응? 아니. 나야말로 미안해. 아무것도 아니야."

카미는 살짝 손사래를 치고는 오늘 날씨라도 묻듯 너스레를 떨었다.

"타이시, 죽고 싶다고 생각한 적 있어?"

"뜬금없는 질문이네."

"그냥 일종의 설문조사 같은 거야. 고민 많은 대학교 3학년의 일원으로서 샘플 좀 제공해줄 생각 없어?"

"어느 정도 수준에서?"

"말할 수 있는 범위에서."

"그 범위 내에서라면 없어."

"아하하. 뭐야, 그거 중증이잖아. 지금도 그래?"

"아니."

한때는 그랬다는 이야기일 뿐이다.

"카미 넌 어떤데?"

그렇게 되묻자, "가끔 해."라며 웃었다.

"되고 싶은 내가 되지 못했다는 사실을 깨닫고 못 쓰겠구나, 하고 실망하고 그러거든."

"카미 너도 그런 생각을 하는구나."

"그야 살다 보면 가끔은 하지."

그 눈꼬리에 그늘이 번졌다. 나는 문득 생각나서 물었다.

"그러고 보니 카미, 너 본명이 뭐야?"

성큼 걸음을 떼어놓으려던 카미의 몸이 앞으로 기우뚱하며 어이없다는 표정을 지었다.

"뭐? 세상에, 여태까지 몰랐단 말이야?"

"그게, 물어볼 기회를 놓쳐서."

"차라리 그냥 물어보라고! 실례도 유분수지. 내 이름은 고토 후미카야."

고토 후미카.

후미카. 미카.

"아하, 그래서 카미구나."

"응."

카미가 손을 내밀었다.

"그럼 다시 한 번 잘 부탁해."

본격적인 겨울 한파가 찾아왔다. 저녁 6시의 어두운 창문 밖으로 미리 예보되었던 함박눈이 내렸다. 난방이 꺼지지 않는 강당에서 졸업한 선배들의 기업 설명을 듣고 나니 나를 둘러싼 상황이 대충 짐작이 갔다. 조금은 앞길이 트인 듯한 안도감을 맛보며 집 근처 전철역을 빠져나왔다. 고등학생 커플이 추위를 참으며 수다를 떠는 중이었다. 아이가 사는 동네에도 눈이 오려나? 휴대폰을 켜자 홈 화면에 알림창이 떴다.

[보세요, 여기는 눈이 펄펄 내려요! 그쪽은 어때요?]

눈 내리는 바깥에서 아이는 뭘 하는 중이었을까.

글로는 모자란 것투성이여서 상상은 자꾸만 부풀어갔다. 요즘은 몇 통씩 한꺼번에 메시지를 보내는 경우가 늘어, 아이는 소소한 인터넷 기사 이야기를 마무리하고 스스럼없이 물었다.

[tai 님은 좋아하는 사람 있어요? 이야기만 들으면 카미 언니랑도 잘 어울릴 거 같은 느낌이 드는데요. 남친 분이 있긴 하지만요]

……좋아하는 사람이라. 모두가 발길을 재촉하는 혼잡한 거리에서 걸음을 멈추었다. 추위가 심해진 느낌이 들었다. 나는 목을 움츠리고 일단 간단한 답장을 보냈다.

[지금은 없어. 그리고 여기도 눈이 펑펑 와]

[전에는 있었다는 거네요. 그보다 애초에 사귀어본 적은 있어요?]

재깍 답장이 왔다. 이런 일은 처음이었다. 나는 짤막하게 응수하고 다시 걸음을 옮겼다. 자연스럽게 대화가 오가기 시작했다.

[무시하지 마. 그래도 몇 번은 있어]

[그렇구나. 전 그런 경험은 없어요]

[호오]

[아이참, 그 반응은 뭐예요? 너무해]

부드럽게 타박하는 음성이 들려오는 것만 같았다. 가로등 불빛에 눈송이가 뒤섞여 아스라이 바닥을 비추었다.

[연애 이야기 들려주세요]

[싫어. 들어봤자 실망만 할걸?]

[그런 걸로 실망 안 해요. 죽어도 싫다면 억지로 캐묻지는 않겠지만요]

평소 지름길로 애용하는 놀이터에는 발자국 하나 없어, 마치 입체감을 잃어버린 것 같았다. 사박사박 공터를 가로질러 눈을 털어내고 그네에 걸터앉았다. 그날의 놀이터와는 달리 기둥이 빨간색이었다.

[알았어. 그럼 말해줄게]

새콤달콤한 추억을 끄집어냈다. 실망할 거라고 했지만, 애써 감춰야 할 정도로 대단한 것도 없었다. 남자 친구 노릇을 해보겠다며 괜히 허세를 부리기도 했고, 무슨 생각을 하는지 모르겠다는 이유로 차이기도 했다. 그 정도가 고작인 흔해빠진 청춘이었다.

[……슬프네요]

[야]

[아하하, 죄송해요]

[하지만 번번이 시시한 일로 헤어졌어. 좋으니 싫으니 했지만, 결국 전혀 진심이 아니었던 거 같아]

그래도 매듭은 지었다.

잘 풀리지는 않았을망정, 제대로 시작하고 제대로 끝맺기는 했다.

그러니 굳이 꼽자면…….

[딱 한 명, 마음에 걸리는 사람이 있어]

[마음에 걸리다니, 뭐가요?]

그런 이야기를 선뜻 꺼낼 수 있게 되었다는 사실에 놀랐다. 깎아내리고 싶다는 생각도, 부정하고 싶다는 생각도 없었다. 그녀는 단순한 기억으로 바뀌어 있었다. 저녁노을에 비친 옆얼굴, 카메라 렌즈의 반사, 사진. 그 시절을 떠올리는 것도 오랜만이라는 느낌이 들었다.

[최악이네요, 그 사람]

끝까지 잠자코 듣고 있던 아이가 갑자기 분개했다.

[뭐가?]

[그렇게 의미심장한 태도를 취해놓고 일방적으로 밀어내다니, 말도 안 돼요]

[이제 괜찮아. 옛날 일인데 뭐]

곱은 손끝으로 타이핑을 했다. 탐스러운 눈송이가 어깨에 내려앉았고, 놀이터는 그저 한없이 조용하기만 했다.

[그러면 안 돼요. 혹시 초반에 이야기했던 새 사진을 찍는 사람이라는 게 그 여자인가요?]

[맞아]

[그런 사람은 얼른 잊어버리는 게 좋아요. 언제까지나 과거에 얽매이지 말고, 지금 이 순간을 더 충실하게 살아야 해요]

[그게 그렇게 간단하지가 않아. 좋은 추억도 있으니까]

모순되는 소리를 하고 싶어졌다.

그 말에 아이가 입을 다물었으므로 나는 눈을 털어내고 몸을 일으켰다. 놀이터를 막 빠져나가려는데 다시 휴대폰 화면이 밝아졌다.

[그럼 이미 용서한 건가요?]

용서.

그 표현이 맞는지는 모르겠다. 다만 한 가지 확실한 것이 있었다.

[오늘까지 살아올 수 있었으니까, 그래도 되지 않을까?]

그 사람은 나를 구해주었다. 그날 횡단보도에서 내 팔을 붙잡고, 밤길을 함께 걸어주지 않았더라면 나는 여기 없었을지도 모른다. 그 후에 이어진 나날들이 특별히 아름다웠다고 할 수는 없지만, 그래도 종종 나쁘지 않다고 느끼는 순간들이 있었다.

그러니 이건 진심이다.

만날 수 있어서 다행이었다는 하나의 사실.

나는 아이에게 그렇게 전했다. 다시 짧은 침묵이 흐른 후, 그녀는 목소리를 적었다.

[그렇다니 다행이에요]

겨우 아홉 글자에 불과한데도, 그 미소가 보인 듯한 느낌이 들었다.

이튿날 아침, 아이의 계정에서 사진이 전부 사라졌다.

side. 카와카미 아키라(쇼)

2012-06-22

"아이란 뭐라고 생각하세요?"

객석 중간쯤에 앉은 소녀가 물었다. 사용하는 그림 도구라든가 좋아하는 작가 같은 캐주얼한 질문만 이어지던 참이라, 나는 단상에서 잠시 말문이 막히고 말았다.

"……으음, 어려운 질문이네요."

하지만 창작에는 그렇게 불명확한 요소가 필수적이고……. 입구 쪽에 적혀 있는 글을 그대로 들려주었다. 마지막으로 시선을 향하자, 소녀가 꾸벅 고개를 숙였다.

그날은 내 개인전 첫날이었다. 화가 겸 일러스트레이터 "카와카미 쇼"의 첫 전시회. 프로로 활동해온 7년간과 그 이전인 아마추어 시절의 작품들이 치밀한 스토리에 따라 4백 제곱미터 크기의 갤러리에 배치되었다. 주요 도시를 순회하는 투어의 시작점은 금의환향하는 기분으로 고향인 후쿠오카로 정했다. 오늘은 그 토크 이벤트를 위해 일부러 도쿄에서 내려온 참이었다.

충실감을 맛보며 마지막 손님을 배웅했다. 돌아갈 채비를 하는데, 전시 운영팀 스태프가 대기실로 들어왔다.

"쇼 작가님, 수고 많으셨어요."

"네, 수고 많으셨습니다."

"작품 이미지와 어울린다고 해야 하나, 역시 젊은 팬이 많네요. 주말에는 학생들이 더 많이 찾아오지 않을까요?"

"그렇겠네요. 토크하다가 자칫 꿈을 깨뜨리지 않도록 조심해야겠는걸요?"

문 밖에서 "아키라 군." 하고 부르는 소리가 나더니, 갤러리 오너가 얼굴을 내밀었다.

"아, 오셨어요?"

"축하해. 드디어 시작이네."

만족스러운 입장객 숫자에 흐뭇한 기색으로 턱수염을 쓰다듬은 오너가 그나저나, 하고 말을 이었다.

"재미난 질문을 하는 애가 있던데?"

"아, 네. 아이에 관해 물어본 애 말이죠?"

아이, I, 남색, 사랑.[#4] 머릿속에서 수많은 단어들이 맴돌았다.

"근데 다들 그렇게 철학적인 문제로 고민하는 시기가 있지 않나요? 가족이란 게 대체 뭔가 싶기도 하고요. 저도 엄마랑 싸우고 가출하고 그랬는걸요?"

"하하하. 거참, 그랬던 아키라 군도 벌써 스물다섯이로군. 옛날에는 작은 쪽 전시실에서 그룹 전시회에 참여하곤 했는데, 이젠 아주 유명인사가 다 됐다니까. 종종 쉬어가면서 하고 있어?"

"가끔요. 솔직히 힘들 때도 있지만, 일거리가 있다는 건 감사한 일이니까요. 그리고……."

나는 재킷을 걸치고 뒷문을 열었다.

"저는 역시 그림이 좋거든요."

비상계단을 내려갔다. 낮에는 맑았던 하늘이 거짓말처럼 흐려져, 장마철의 묵직한 빗줄기가 지면을 때렸다. 서둘러 건물 뒤편

#4 남색, 사랑 일본어로 '남색(藍)'과 '사랑(愛)'은 둘 다 '아이(あい)'로 발음한다.

의 유료 주차장으로 향하는데, 웬 사람 그림자가 불쑥 눈에 들어와 걸음을 멈추었다. 마주친 것은 우산도 없이 오도카니 서 있는 소녀로, 아까 "아이"에 관해 질문했던 장본인이었다.

"저기……."

"……무슨 일이시죠?"

"잠깐 이야기 좀 나눌 수 있을까요?"

흔들리는 검푸른 눈동자는 진지하기 그지없어, 흥미 본위로 접근하려는 팬은 아닌 눈치였다. 빗속으로 꺼져 들어갈 듯한 소녀를 못 본 척할 수도 없는 노릇이라 조수석에 태웠다. 어디서 내려주면 되겠느냐고 묻자, 역 앞이면 된다고 했다. 빗방울이 앞유리를 두드리는 소리가 한층 거세졌다.

"할 이야기가 있다며?"

"……이 일러스트요, 작가님이 그린 거죠?"

빨간불에서 소녀가 문고본 책을 꺼내며 물었다. 벚꽃을 향해 달려가는 두 소녀가 소실점에서 손을 맞잡은 그림으로, 역광에 가까운 하이라이트가 그 윤곽을 그려냈다.

"그래, 맞아."

나는 흘끗 보고 대답했다. 곁눈질만으로도 충분히 알아볼 수 있는 그림이었다.

『너에게 쓰는 비밀』의 실사 영화 개봉에 맞추어 발매한 신판(新版). 그것은 내가 처음으로 작업한 상업 일러스트이자 출세작이었다. 그리고 엄마와 조그만 원룸밖에 몰랐던 열여덟 살의 나를 여기까지 데려와준 원동력이기도 했다.

“작가님은 그림을 좋아하시죠?”

“응.”

“그 마음은 지금도 변함없나요?”

“변함없어.”

소녀가 말한 ″아이″란 이번 개인전의 타이틀을 가리키는 것이리라.

I.

과거를 회상하며 그림과 함께 하는 미래를 그린다. 나 자신과 관련된 모든 결의를 그 한 글자 속에 담아낼 생각이었다.

“컨셉에서 그런 의도가 느껴지지 않았어?”

내 말에 소녀의 얼굴이 어두워졌다. 그리고 몹시 조심스럽게, 와이퍼 소리에 묻혀버릴 만큼 작은 목소리로 물었다.

“그럼 왜 파란 그림을 그리지 않게 되신 거예요?”

나는 파랑색을 좋아한다.

논리적인 이유는 없다. 「사과를 좋아한다」와 마찬가지로 취향의 문제다. 아찔하게 빨려들 것 같은 그 색깔은 철이 들었을 무렵에는 이미 특별했고, 그 어떤 그러데이션보다도 아름다웠다. 그래서 항상 파랑색 크레파스만 몽땅하게 닳아지고는 했다.

“아키라, 넌 정말 파랑색을 좋아하는구나.”

도화지 가득히 칠한 군청색을 보고 엄마는 웃었다. 사려가야겠네. 그렇게 말하며 나를 동네 화방으로 데려가 62엔짜리 크레파스를 사주었다. 아버지 없는 집은 가난했고, 나는 중학교를 졸업하자마자 동네에서 일자리를 구했다. "넌 그림을 잘 그리는데, 미대에 보내주지 못해서 미안하구나." "신경 쓰지 마." 입버릇처럼 그런 대화를 나누며 현관을 나서서 하루 종일 일해 집에 돈을 보탰다. 그 후에 남은 몇 푼 안 되는 용돈으로 미술용품을 사다가, 나는 매일같이 방 한켠에서 유화를 그렸다.

그 그림은 그런 일상을 180도 바꿔놓았다.

열여덟 살 되던 봄, 갤러리 오너에게서 연락이 왔다. 그룹 전시를 보러온 출판사 편집자가 내 그림을 마음에 들어 한 모양이었다. 신판을 출간하게 된 어느 소설의 표지를 맡기고 싶다는 의뢰가 왔고, 얼마 후 『너에게 쓰는 비밀』이라는 제목의 소설이 우편으로 도착했다. 나쁘지는 않지만 몹시 평범한 느낌의 표지를 보자 내가 더 잘 그릴 수 있다는 자신감이 솟구쳤다.

한번 쭉 읽어보기는 했지만, 솔직히 책은 그다지 마음에 들지 않았다. 내용의 문제가 아니라 작가가 죽었다는 사실이 못마땅했다. 데뷔작이니 유작이니 하는 이유로 추앙받다니 비겁하지 않은가. 속이 부글부글 끓었다. 그래도 기회라고 생각했고, 서점에서 그 주변에 진열된 책들이 바짝 움츠러들게 만들고야 말겠다고 다짐했다.

편집자와 의논한 끝에 마지막 장면을 그리기로 했다. 쉬는 날마다 거리로 나가서 벚꽃을 눈에 새겨 넣었다. 그러면서 그동안 풀

곳을 찾지 못했던 질투와 선망, 인정욕구를 전부 터뜨리듯 열정적으로 물감을 캔버스에 칠해나갔다.

최고의 한 장. 그렇게 자부할 만한 그림이 탄생했다.

"좋은 그림이로구나." 하고 엄마도 웃었다.

"그릴 기회가 없을 뿐이지, 파란색이 싫어진 건 아니야."

로터리에서 핸들을 꺾었다. 그로부터 7년이 흘렀다. 생각해보면 참 먼 길을 온 셈이다.

내가 작업한 신판은 영화 개봉 타이밍과 맞물려 날개 돋친 듯 팔려나갔고, 어느 서점을 가든 정면 매대에 줄줄이 진열되어 있었다. 그 광경은 정말 압권이었고, 이윽고 내게도 일러스트 쪽 일감이 들어오기 시작했다. 일을 주는 사람은 당연히 그 책 표지를 보고 의뢰하는 것이라, "벚꽃도 그렇고, 역시 쇼 작가님은 따뜻한 색을 잘 쓰시는군요."라는 칭찬을 듣고는 했다. 그 무렵부터 나는 예명을 쓰기 시작했다. "아키라(晶)"라는 내 이름은 "쇼"라고도 읽을 수 있다. 별다른 의미는 없지만, 어쩐지 프로 같아서 폼 난다는 느낌이 들었다.

셀 수 없을 정도로 많은 책 표지와 포스터를 그렸다. 광고 쪽 일감을 받기 시작하면서 그림 한 장에 그전의 몇 달치 수입이 한꺼번에 들어왔고, 그 결과물 역시 거리에 걸리거나 방송을 탔다. "역시 넌 재능이 있었어." 뿌듯한 표정을 짓는 엄마의 배웅을 받으며 나는 도쿄로 올라왔다. 공실을 빌려 아틀리에를 차렸고, 이렇게 내 차를 몰아 고향에 내려올 수도 있게 되었다. 이쯤 되면 대성공이라 해도 과언이 아니었다.

“파란색을 싫어하시는 게 아니라니 안심했어요.”

그게 궁금했을 뿐이라며 소녀는 얌전히 차 문을 닫았다. 어깨를 축 늘어뜨린 채 빗속을 걸어가는 그 뒷모습을 바라보다 소리쳤다.

“저기, 잠깐만!”

소녀가 놀란 얼굴로 뒤돌아보았다.

“파란 그림, 볼래?”

왜 그런 제안을 한 걸까?

어쩌면 소녀의 눈이 내가 좋아하는 색이었기 때문인지도 모른다.

이튿날 아침, 우리는 녹지공원에서 만났다. 시내 한복판에 자리 잡은 커다란 연못 위로 비 갠 날의 건조한 바람이 불어왔다. 길을 잃고 헤매는 눈치인 소녀에게 전화로 위치를 알려주자, 곧 산책로 저편에서 숨을 헐떡이며 뛰어왔다.

“늦어서 죄송해요! 이 공원이요, 너무 커요!”

치나미라는 소녀는 무척 자유롭고 활동적인 성격이었다. 카메라를 들고 일본 전역을 누비는 중이라는데 사진 찍는 센스도 나쁘지 않았다. 그래서 데려가도 괜찮을 것 같다는 생각이 한층 강해졌다. 시간이 비켜간 뒷골목을 걸었다. 공장 옆으로 허름한 2층짜리 목조 건물이 보였다.

“조심해서 올라와. 이 계단 엄청 낡았으니까.”

억지로 끼워 맞추다시피 설치한 잔뜩 녹슨 난간을 잡았다. 불그

스름하게 바랜 문이 다닥다닥 늘어선 복도를 가로질러, 맨 끝에서 두 번째 문의 손잡이에 열쇠를 꽂았다.

"여긴 뭐하는 곳이에요?"

"내가 태어난 집."

카와카미 마사코, 카와카미 아키라

초등학생이었던 내가 졸라서 유성 매직으로 쓴 문패는 비바람에 바래어 지워져가고 있었다.

"다녀왔습니다."

아무도 없는 방을 향해 인사했다. 엄마는 재작년에 돌아가셨다. 열아홉 살에 나를 낳고 밤낮없이 일하느라 모르는 사이에 몸이 상했던 거겠지. 창문을 활짝 열어젖혔다. 방 안에 빽빽이 들어찬 캔버스가 자연광에 은은하게 빛났다.

"우와, 사진 찍어도 돼요?"

"마음껏 찍어도 돼. 인터넷에 올리지만 않으면."

유품의 일부는 도쿄로 가져갔다. 이 집도 처분해버릴까 했지만, 미련이 남아 창고 대용으로 써왔다. 옛날 그림과 미발표 오리지널 작품을 여기로 부치고 동네 친구에게 수령을 부탁했다. 그중에는 파란 그림도 몇 점 있었다.

"작가님, 이것 좀 보세요! 저 이거 진짜 마음에 들어요!"

"윽, 그러지 마. 그건 좀 창피해."

치나미는 새파란 초상화를 들고 있었다. 상경하기 전에 엄마가 "나도 그려줘."라고 닦달해서 "싫어, 귀찮아." 하고 투덜대며 그렸던 그림이었다.

싫을 리가 없었다. 사실은 자랑스러웠다.

"치나미, 전에 물어본 "아이" 말인데, 그거 전시회 타이틀 이야기 맞지?"

캔버스를 끄집어내 부지런히 눌러대는 셔터 소리를 향해 묻자, 치나미는 사진 찍기를 멈추고 고개를 저었다.

"아뇨, 좋다 싫다의 아이에요. 러브요."

사랑(아이).

눈을 감고 생각해보았다. 내게 사랑은, 이 공간은, 그림은…….

"내게 사랑이란 그 무엇과도 바꿀 수 없는 거야."

"……하긴 토크쇼에서도 그림은 인생이라고 말씀하셨죠."

치나미는 부엌에서 허벅지를 세우고 앉은 채 캔버스를 바라보며 웃었다. 그 모습을 보니 엄마 생각이 났다. 하다못해 한 번만이라도 더 보고 싶었다.

나는 엄마의 임종을 지키지 못했다. 위독하다는 연락을 받은 것은 추운 겨울, 화장품 포스터 제작 관련 미팅을 하던 도중이었다. 집주인의 다급한 목소리가 휴대폰 너머에서 들려왔다. 위층에서 요란한 소리가 나는가 싶더니 갑자기 조용해진 것을 이상하게 여겨, 집주인이 살펴보러 가니 부엌에 쓰러져 있었다고 했다. 바보 같기는. 그러니까 일 그만두고 도쿄로 오라고 했잖아. 나는 정신없이 뛰어서 신칸센 막차에 올라탔다. 후쿠오카에 도착하자마자 친구 차를 타고 급하게 병원으로 향했지만, 간발의 차로 시간을 맞추지 못했다. 병실 침대에는 이미 숨을 거둔 엄마가 누워 있었다. 집주인은 편히 가셨다고 했지만, 내 눈에는 쓸쓸해 보였다.

"이번에는 파란색으로 부탁드리려고요."

메모를 하는데 뜻밖의 요구가 들려왔다. 마침 그날과 똑같은 회의실에서 신제품으로 출시될 스킨에 관한 미팅을 하던 도중이었다.

"파란색이라고요? 별일이네요. 매번 벚꽃이나 단풍이 테마였는데."

"네. 실은 이번에 가격대별로 브랜드를 분리하기로 했거든요. 고가 브랜드는 블루를 이미지 컬러로 삼을 예정이에요."

상품 샘플을 건네받았다. 에도 키리코[#5] 모티브의 나선형 슬릿이 들어간 반투명한 병에는 파란색이 잘 어울렸다.

"카와카미 작가님이 파란색을 쓰는 일은 드무니 팬에게도 신선한 인상을 줄 거예요. 임팩트 있는 포스터를 만들어보도록 하죠. 구도는 작가님께 맡기겠습니다."

"알겠습니다."

나는 아틀리에로 돌아와 준비에 착수했다. 크로키 북에 스케치를 하고 그림물감을 팔레트에 짰다. 신선한 기분이 드는 한편으로 왠지 감기에 걸린 것처럼 머릿속이 몽롱해졌다. 불길한 감각이 엄습해왔다.

그 예감은 적중했다.

#5 에도 키리코 섬세하게 커팅한 무늬가 특징인 일본의 유리 공예품.

완성된 밑그림은 도저히 만족스럽다고 할 수 없는 수준이었다.
"작가님, 시안 작업은 잘 진행되고 있나요?"
"죄송합니다. 조금만 더 기다려주시겠어요?"
"언제쯤이면 가닥이 잡힐까요?"
"글쎄요, 일주일…… 아뇨, 5일이면 될 겁니다."
전화를 끊었다. 아틀리에에는 온갖 시행착오의 흔적이 어지럽게 널려 있었다. 스케줄은 빡빡했다. 내일은 다시 후쿠오카로 내려가 토크 이벤트에 참여해야 한다. 젠장, 이럴 줄 알았으면 스타트는 순순히 도쿄에서 끊을 것을 그랬다. 조바심을 내며 천장을 올려다본 순간, 불현듯 어떤 아이디어가 떠올랐다.
맞다, 치나미한테 보여주자.
객관적인 의견이 필요했다. 파란색을 좋아하는 치나미라면 뭔가 조금 다른 관점에서 솔직한 평가를 들려줄지도 모른다. 다급한 마음으로 전화를 걸자, 신호가 세 번 가더니 "여보세요?"라는 목소리가 들려왔다.
"아, 치나미? 지금 뭐해? 아니, 어디 있어?"
"네? ……어, 전 아직 후쿠오카에 있는데요. 근데 왜요?"
"잘됐다. 혹시 내일 밤에 시간 돼?"
"되기는 하는데요, 대체 무슨 일로……?"
"좀 보여주고 싶은 게 있어서."
전화를 끊었다. 나는 사방에 흩어진 자료를 바인더에 정리하고 서둘러 짐을 쌌다.

저한테 보여주고 싶은 게 뭔가요? 카페에 도착했을 때만 해도 기대감으로 반짝이던 치나미의 눈동자는 자료를 넘길수록 빛을 잃어갔다. 힘없이 파일을 덮은 치나미에게 어땠느냐고 묻자, 어두운 음성이 돌아왔다.

"쇼 작가님답지 않아요."

"어떤 점이?"

"……죄송해요. 설명하기 힘들어요."

치나미는 난감한 기색으로 나를 바라보았다.

"괜찮아. 그냥 사실대로 이야기해줘."

"하지만……."

"솔직한 의견을 듣고 싶어서 상담하러 온 거야. 눈치 볼 거 없어."

그런가요? 하고 뜸을 들인 후, 치나미는 띄엄띄엄 자기 생각을 이야기했다.

"……전 옛날 그림이 더 좋았어요. 열심히 그렸다고 할까, 애정이 듬뿍 담겨 있다는 느낌이 들었거든요. 그리는 게 너무 즐거워서 못 견딜 지경이구나 싶어서 보는 저까지 행복해졌어요. 근데 지금 그림에서는 그런 느낌이 나지 않아요."

그리고 치나미는 슬픈 기색으로 덧붙였다.

"그래서 그 행사장에서 여쭤본 거예요. 그림에 대한 쇼 작가님의 사랑이 지금도 변함없는지 불안해서요. 계기는 역시 그 소설 표지 같다는 생각이 들었어요. 그것만 아니었으면 작가님은 예전과 다름없이……."

"그렇게 많이 변했다는 생각은 안 드는데."

"하지만 파란 그림은 안 그리시잖아요."

"그건 일 때문에……."

"그래도 오리지널 일러스트는 그릴 수 있잖아요? 최근 그림은 빨강이나 노란색이 많아요. 그 이유는 역시……."

필요한 변화라고 생각했다.

클라이언트의 요청과 나 자신의 이미지를 앞세워 파란색을 시험하거나 작품을 발표하는 것을 미루고는 했다. 나는 파란색을 멀리할 그럴싸한 핑계를 다른 색에서 찾으려고 했던 걸까?

나는 누구를 위해서 그림을 그리는 거지?

그림은 꿈을 꾸게 해주었다. 풍족한 생활을 누리게 해주었다. 하지만 정말 그걸로 충분한가? 요구하는 대로 그리고, 호평 받고, 개인전을 열고, 자가용을 몰고, 바쁘게 일하고. 그 바람에 엄마의 마지막 가는 길을 지키지 못했다. 이게 내가 원했던 삶인가?

그 무엇과도 바꿀 수 없다니, 새빨간 거짓말이다. 어쩌면 나는 돌이킬 수 없는 실수를 저질렀는지도 모른다.

테이블 끄트머리로 시선을 돌리며 고개를 숙이는 치나미를 보았다. 엄마와 함께 살 때, 나는 무슨 생각을 하면서 그림을 그렸던 걸까? 문득 한 가지 아이디어가 떠올랐다. 몹시 즉흥적인 발상이었지만, 재미난 시도가 될지도 몰랐다. 어차피 이대로는 볼품없는 그림이 나올 뿐이다. 그럴 바에는 도전해볼 가치가 있다.

"치나미."

"네?"

"부탁이 하나 있는데, 들어줄래?"

"제가 할 수 있는 일이면요."

"내 그림의 모델이 되어줘."

치나미가 얼어붙었다. 그리고 내 말뜻을 이해했는지, 눈앞에서 미친 듯이 손사래를 치며 벌떡 일어섰다.

"자, 잠깐만!"

허둥지둥 그 팔을 붙잡았다. 치나미는 기겁한 목소리로 외쳤다.

"아, 안 돼요, 못해요! 사진 찍히는 것도 껄끄러운데 모델을 서라니요!"

"걱정 마. 할 수 있어."

"못한다니까요?!"

"부탁이야. 그러면 뭔가 실마리가 잡힐지도 몰라. 치나미 널 그리면 그때의 마음가짐이 되살아날지도 모른다고."

내 설득에 치나미는 한동안 눈을 굴리며 고민하다가 살짝 고개를 끄덕였다.

"알겠어요. 최선을 다할게요. 저도 작가님의 파란 그림을 다시 보고 싶으니까요."

나는 돌아오는 비행기를 닷새 늦추기로 했다. 그리고 화구를 사러 화방으로 향했다. 셔터를 올리던 사장님이 나를 발견하고 오랜만이구나, 하고 놀란 표정을 지어 보였다.

"어떻게 된 거야? 이 동네에도 아틀리에 차렸니?"
"아뇨, 그냥 옛날 생각이 나서요."
캔버스와 이젤을 짊어지고 삐걱거리는 문을 열었다. 늘 그렇듯 다녀왔습니다, 하고 소리 내어 인사했다. 낯익은 얼굴이 눈에 들어왔다. 한순간 가슴이 철렁 내려앉았지만, 정신을 차려보니 치나미가 벽에 세워놓은 엄마의 초상화였다. 그 푸르디푸른 미소와 눈이 마주친 순간, 불현듯 궁금해졌다.
난 왜 이 그림을 도쿄로 가져가지 않은 걸까?
엄마와의 추억은 이곳에 남겨두는 게 옳으니까? 걸어둘 만큼 잘 그린 그림이 아니라서?
십중팔구 그런 이유 때문은 아니다.
내가 파란 그림을 그리지 않게 된 이유를 어렴풋이 알게 된 느낌이 들었다.
준비가 끝나갈 무렵, 현관문을 노크하는 소리가 들려왔다. 치나미가 캐리어를 끌며 문 뒤에서 모습을 드러냈다.
"어서 와, 치나미. 내 부탁을 들어줘서 고마워."
"아니에요. 오히려 끝까지 도와드리지 못해서 죄송한걸요."
치나미가 쭈뼛거리며 신발을 벗었다. 치나미는 곧 이곳을 떠나야 해서, 시간을 내줄 수 있는 것은 오늘 저녁뿐이었다. 그래도 상관없었다. 이 방에서 그림을 그린다는 데 의미가 있으니까. 치나미가 가진 옷 가운데 가장 의상 느낌이 나는 것을 고르고, 갈아입는 동안 집 밖에서 기다렸다. 햇살이 따스하게 비추었다.

"죄송하지만 얼굴은 그리지 말아주셨으면 해요."

머리를 풀고 흰색 원피스 차림을 한 치나미는 의자에 앉으며 부탁했다. 이유를 물어보았지만 "그냥요."라고만 대꾸할 따름이었다. 예쁜 얼굴인데 아쉽게 됐다. 그래도 그 눈만 보이면 괜찮겠지. 작은 원룸에서 우리는 캔버스를 사이에 두고 마주앉았다.

"어떤 포즈를 취하면 되나요?"

"그냥 자연스러운 모습이면 돼."

"자연스러운 모습……."

치나미는 몸을 비틀기도 하고 다리를 꼬아보기도 했다. 하지만 전부 어딘가 인위적인 인상을 주었다. 평소 모습에서 뭔가 빠진 느낌이었다.

"이걸 한번 들어봐."

나는 늘 목에 걸고 다니는 그것을 건네주었다. 카메라를 무릎에 올려놓자, 치나미에게서 긴장감이 사라졌다. 파인더를 어루만지는 표정이 아름다웠다.

"응, 바로 그거야."

"정말요?"

"그대로 앉아 있어."

"네."

성공이다. 그렇게 확신했다.

"사실 사랑에 관해 여쭤보고 싶었던 데는 또 다른 이유가 있어요."

섬세하고 온화한 시간 속에서 치나미가 불쑥 입을 열었다. 눈을 깜빡일 때마다 짙은 우수가 묻어났다.

"저는 예전에 어떤 사람에게 상처를 주고 도망쳤어요. 제 일만 생각하느라 그 사람의 마음을 받아들일 각오가 서지 않았거든요. 제가 그 사람이라면 그때의 배신을 마음속 깊이 증오할 거예요."

표정이 바뀌지 않도록 얼굴을 굳히며 치나미는 말을 이었다.

"어떻게 했어야 했던 걸까요? 행복해질 수 없는데도 다가서는 건 사랑인가요? 상대를 위해 미움 받는 건 사랑인가요? 언젠가 제가 내린 결정이 옳았는지 알 수 있나요?"

그런 날은 영원히 오지 않아.

마음속으로 대답했다. 사람의 본심은 아무리 애를 써도 알 방도가 없다.

나는 줄곧 양심의 가책을 느꼈던 게 아닐까.

엄마를 혼자 두고, 임종조차 지키지 못했으면서 계속 그림을 그려도 되는 걸까? 우리 모자를 갈라놓은 그림이라는 예술을 엄마는 사실 미워했던 게 아닐까? 그럴 리 없다. 하지만 고독한 날일수록 더 작업에 열중했던 까닭은 아마도 생각하지 않으려고 했던 거겠지.

엄마가 사실은 얼마나 외로웠을까를.

마지막 순간에 엄마가 어떤 생각을 했는지는 영영 알 도리가 없다. 기뻐했는가, 슬퍼했는가. 단지 그것 하나만으로 모든 것을 긍정하고, 부정하게 되어버리고 만다. 하루하루의 삶 속에서 쌓여가는 것은 그토록 약하다. 하지만…….

"……우리는 믿는 수밖에 없어."

내 선택이 잘못되지 않았기만을 바라며 나아간다. 무슨 수를 써도 결코 과거로는 돌아갈 수 없으니까.

그러므로 하다못해 후회하는 것이다.

잊지 않도록.

떠올릴 수 있도록.

내가 한 일들, 해버리고 만 일들이 돌고 돌아서, 조금이라도 더 납득할 수 있는 미래로 나를 이끌어가도록.

그렇다. 그러니 사랑이란—.

물감을 짜서 캔버스에 색을 입힌다.

그 속에 거짓은 없다. 붓 자국에 생각이 실리고 시간이 고여 캔버스에 풍경을 만들어나간다. 아름답고도 잔인한 세계다.

나는 알아차리고 말았다. 이제 옛날로는 돌아갈 수 없다고.

너무나 많은 일들을 경험했고, 너무나 많은 일들을 그냥 넘겨버렸다. 슬퍼질 만큼 먼 곳까지 와버렸음을 깨달았다.

붓을 내려놓는 소리에 치나미가 고개를 들었다.

"끝났나요?"

"아니, 하지만 이제 됐어."

내 표정을 보고 치나미는 뭔가 느낀 바가 있는 눈치였다.

"……저도 좀 봐도 될까요?"

"응."

치나미가 치맛자락을 나풀거리며 옆에 와서 섰다. 그리고 내 어깨너머로 그림을 들여다보고 미소 지었다.

"형편없네요. 여태까지 그린 어떤 그림보다도."

"……동감이야."

"하지만 전 좋아요. 여태까지 본 것 중 제일로요."

이건 아키라 씨의 그림이네요, 라고 덧붙이는 치나미에게 나는 말했다.

"쇼도 아키라도 다 나야."

이름은 중요한 문제가 아니다. 어떤 부분을 집어내든 나는 나다. 치나미는 고개를 끄덕이고 캐리어 손잡이를 잡았다. 주홍빛이 방을 채웠고, 치나미의 그림자가 현관에 드리웠다.

"아키라 씨."

천천히 뒤돌아본 그 실루엣이 조용히 물었다.

"아키라 씨는 앞으로도 그림을 그릴 건가요?"

"물론이지. 계속 그려내고 말 거야."

나는 자조적인 말투로 대답했다.

엄마를 떠나보낸 슬픔도, 어딘가에서 잃어버리고 만 그날의 열정도, 그것을 대신할 무언가로 메우면서 나는 살아갈 테지. 그 속에 사랑이 없는 것은 아니다. 잃어버린 것의 무게를 알기에 필사적으로 찾는 것이다. 상실에서는 달아날 수 없다. 하지만 그렇게 몸부림쳐온 나날들에는 의미가 있다고 믿고 싶다.

"그러니까 사랑이란 그 무엇과도 바꿀 수 없는 게 아니라……."

아무리 없애고 싶어도 없앨 수 없는 마음을 가리키는 게 아닐까?

저녁노을이 번지는 푸른 눈동자가 부드럽게 휘어졌다.
"그 말을 들으니 다시 나아갈 수 있다는 기분이 드네요."
문을 닫기 직전에 치나미는 그렇게 말하며 서툴게 웃었다.

작은 원룸에서 나는 혼자 붓을 잡았다.
I, 남색, 사랑.
전부 아이다. 다 여기에 있다.
변해버린 나.
이제는 알 수 없게 되어버린 색.
캔버스가 그려내는 가능성.
—아키라, 넌 정말 파랑색을 좋아하는구나.
그렇다. 나는 그림을 좋아한다. 사랑한다.
그러니 그릴 것이다.
그게 옳았다고 말할 수 있게 되는 날까지.

삼촌께.

사랑에 관해 생각하고 있어요.

그날 대체 어떻게 했어야 옳았던 걸까, 여전히 모르겠어요. 저는 앞으로도 셀 수 없을 만큼 많은 실수를 저지를 테지요. 그렇게 생각하는 것만으로도 제 자신이 싫어져요.

하지만 그렇기에 하다못해 기억하고 싶어요.

모든 것을 알게 되는 날, 조금이나마 많은 답을 찾을 수 있도록.

만약 그것도 사랑이라면,

이건 의미 있는 일이라고, 그렇게 믿으니까요.

2012년 7월 24일(화)

치나미 올림

2018-05-22

아이와 연락이 끊긴 지 세 달이 지났다. 나는 4학년이 되었다.

바람에 흩날리는 벚꽃을 보며 감상에 잠길 새도 없이 취업 활동이 시작되었다. 뜨문뜨문하게나마 서류가 통과되어, 나는 학교 식당에서 면접용 자기소개를 고민하느라 골머리를 썩이는 중이었다.

"그런 건 대충 해도 돼. 입사하고 나면 어차피 상관없으니까."

다이어리에 일정을 적어 넣으며 카미가 천연덕스러운 말투로 끼어들었다. 카미는 내 두 배가 넘는 회사에 지원했고, 그중 상당수에서 면접까지 간 눈치였다.

"아참, 그 후에 아이한테서 연락은 왔어?"

불쑥 튀어나온 그 이름에 나는 애써 덤덤하게 대답했다.

"안 왔어. 그 후로는 한 번도."

"흐음, 그래? 싫증났나?"

햇살 속을 떠다니는 먼지를 보며 카미가 중얼거렸다. 아이의 계정은 아직 살아 있었다. 다만 갱신되지는 않았다. 그저 우리가 네 달가량 주고받은 백통 남짓한 메시지만이 남아 있을 따름이었다.

[그렇다니 다행이에요]

마지막 쪽지를 한 번 더 읽어보았다. 아무리 생각해봐도 아이가 사진을 삭제한 이유는 알 수 없었다.

"그야 모르는 일이지. 타이시 네 연애사를 듣고 질투가 났을지도 모르고."

"아이는 날 그런 상대로 생각한 적 없어."

"단언할 수는 없잖아. 본인이 그래?"

"그건 아니지만, 그런 느낌은 아니었어."

"내 말은 상대방에 관해서 속속들이 알고 있다고 착각하지 말라는 거야. 네가 모르는 곳에서 울었을 지도 모르잖아?"

미안하다고 하자, "나한테 사과해봤자 무슨 소용이야?"라고 카미가 뾰로통하게 대꾸했다.

아이가 사라지고 나는 한동안 실의에 빠져 있었다. 취업 준비나 수업에도 집중하기 힘들었고 답답한 심정에 사로잡히는 날도 있었다. 하지만 실없는 TV 프로그램을 보거나 이것저것 챙겨주는 카미와 이야기하는 사이, 그런 감정도 점차 누그러졌다. 시간은 만병통치약이다. 그리고 그 치유 속도는 옛날보다 훨씬 빨랐다. 이내 따분하리만큼 평화로운 일상이 되돌아왔다. 사회인이 되기 전까지의 짧은 모라토리엄인 셈이다.

"……타이시, 전에 징그럽다고 한 거 미안해."

카미가 나를 살짝 곁눈질하며 말했다.

"신경 쓴 적 없는데."

"내가 신경 쓰인단 말이야. 역시 지금이 더 인간미 있게 느껴져. 완벽남이던 시절보다 훨씬 다가가기 쉬워졌어."

"흐음, 그래?"

"뭐야? 왜 갑자기 멋진 척하고 그래?"

카미가 웃었다. 나도 웃었다. 아이가 없는 시간이 흘러간다.

이런 식으로 갖가지 슬픔을 극복할 수 있게 되는 걸까?

메일함을 열어 서류 합격 여부와 취업 정보를 체크했다. 정형화

되고 잡다한 제목들 속에서 딱 하나 심플한 메일이 눈에 띄었다.
[야마우라 타이시 씨에게. 사타케]
사타케. 그때 만난 편집자다. 메일을 열었다.
[안녕하세요, 취업 활동은 잘 되고 계신가요? 전에 이야기했던 소설의 애니메이션 포스터를 확인하다가 생각난 점이 있어 연락 드렸습니다.]
전에 이야기했던 소설. 『너에게 쓰는 비밀』이다.
[야마우라 씨에게 미처 확인하지 못한 게 있어서요. 출판사로 찾아오신 그날, 먼저 그 소설이 어디까지 논픽션이라고 생각하는지 여쭤봤어야 했습니다. 사전에 이것저것 알아보고 오신 것 같아서 자잘한 이야기만 들려드리고 말았네요]
사타케 씨의 의도가 통 짐작이 가지 않았다. 이맛살을 찌푸리고 읽다가, [실은]으로 시작되는 그 뒤 문장에서 글자를 따라가던 손이 멎었다.
[치사토의 모델이 된 소녀의 외모는 초고에서 수정된 것입니다. 스토리보다 캐릭터에 눈길이 간다는 이유에서요. 작가님이 실제로 만난 소녀는]
머리색이 밝고 눈은 파랬다고 합니다.
한순간 무슨 말인지 이해가 가지 않았다.
밝은 색 머리카락, 푸른 눈. 그 설명에 눈앞이 어찔했다.
거짓말이 아니었어.
그 사람은 정말 키타미 치후유와 여행을 했던 거야.

"카미, 이것 좀 봐."

카미에게 메일을 보여주었다. 의아한 기색으로 읽어 내려가던 그 안색이 차츰 변했다.

"잠깐만, 이상해."

결국 카미는 거부하듯 얼굴을 감쌌다.

"말도 안 돼. 왜냐면 타이시 너도 그랬잖아. 그 책이 나온 건 1993년, 타이시 네가 그 사람을 만난 건 중학교 2학년 때인 2010년. 그럼 그때 그 사람은 최소한 30대는 돼야 하잖아. 동일인일 리가 없어. 불가능해."

불가능해. 무언가에 겁먹은 것처럼 같은 말을 되풀이한 카미는 "근데……." 하고 덧붙였다.

"그 사람, 나도 알아. 아마 틀림없을 거야."

카미는 그 사람을 치나미라고 불렀다.

그것도 모자라 연락처마저도 알고 있었다. 믿기 힘든 심정으로 번호를 입력하고 휴대폰을 꽉 움켜쥐었다. 하지만 스피커에서는 매정한 신호음밖에 들려오지 않았다. 아무리 걸어도 받을 기미가 없어 결국 포기했다. 힘없이 어깨를 늘어뜨리는 내 옆에서 카미가 양팔로 자기 몸을 감싸 안았다.

연락처를 적어온 나는 다른 시간대에 한 번 더 걸어보았다. 그 번호는 아직 사용 중이었고, 응답하는 사람이 없었을 뿐이니까.

부탁이야. 겨우 여기까지 왔는데, 제발 이렇게 끝내지 말아줘.

간절히 염원했지만, 역시 아무도 받지 않았다.

이튿날 밤, 나는 다음 주로 다가온 1지망 회사의 2차 면접에 앞서 사전 조사를 하고 있었다. 봄도 끝자락으로 접어든 5월이라지만 아직은 쌀쌀했다. 후드 점퍼를 여미고 인스턴트 수프를 끓이는데 책상 위에 놓아둔 휴대폰이 울렸다.

11시경이었다.

늦은 시간에 걸려온 전화에 혹시나 하는 기대를 품고 집어 들었다.

그리고 액정에 뜬 것은 정말 그 사람의 번호였다.

갑작스러운 상황에 숨 막히는 기분으로 통화 버튼을 눌렀다.

"……네, 야마우라입니다."

전화기를 귀에 바짝 대고 대답이 돌아오기를 기다렸다.

"이토 치나미 양에게 전화하신 건가요?"

차분한 남자의 목소리가 들려왔다.

직장인이 분주하게 오가는 롯본기 역을 나섰다. 약속한 장소까지 몇 분간 걸은 끝에, 카미와 나는 눈부시게 빛나는 고층 빌딩을 올려다보았다.

"굉장하네. 카미, 여기 있는 회사에도 지원했어?"

"두 군데 넣었는데, 서류에서 탈락했어."

사원증을 목에 건 남자가 맨손으로 로비에서 나왔다. 스웨터에 슬림한 치노팬츠 차림이었다. 성실한 분위기를 풍기는 그 남자는 우리를 발견하고 손을 들었다.

"야마우라 씨와 고토 후미카 씨 되시나요?"

"네."

"처음 뵙겠습니다. 제가 타케다 유타로입니다. 잠깐 앉아서 이야기할까요?"

타케다 씨가 빌딩에 입점한 카페로 안내했고, 우리는 테이블을 끼고 마주앉았다. 타케다 씨가 명함을 꺼냈다.

"저는 사진 어플리케이션을 개발하는 일을 합니다. 포노라고 하면 아실지도 모르겠네요."

명함에는 익숙한 로고가 인쇄되어 있었다. PHOTOMENO. 내가 이용하는 사이트로, 다시 말해 아이가 사진을 올렸던 공간이기도 했다.

"그런데 너희는 왜 치나미한테 연락한 거지?"

타케다 씨가 우리를 빤히 쳐다보며 물었다. 내 입장에서는 타케다 씨가 그 사람의 휴대폰을 가지고 있는 이유가 궁금했지만, 그래도 우선 질문에 대답하는 게 좋겠다고 생각했다.

우리는 그 사람과의 인연을 설명했다. 내가 개인적인 이유로 그 사람을 찾는 중이며, 사방에 흩어진 흔적을 좇다가 마침내 이곳에 다다랐다고 이야기했다.

"……그래?"

타케다 씨가 한숨을 쉬었다. 비스듬히 돌린 그 시선에서 나는 희미한 불안을 느꼈다. 타케다 씨는 우리를 번갈아 보고는 천천히, 타이르듯 입을 열었다.

"치나미는 먼 길을 떠났어."

◆

"부탁 하나만 들어주시겠어요?"

소녀는 인파를 헤치고 내 앞에 섰다.

"……무슨 부탁인데?"

"제 휴대폰을 맡아주세요."

방금 막 앱을 깐 전화기를 내밀며, 소녀는 말했다.

"통신료는 매달 낼게요. 그냥 곁에 보관해주시기만 하면 돼요."

"언제 가지러 올 건데?"

"아뇨, 이제 사용할 일은 없을 거예요."

"그럼 버리면 되잖아?"

소녀는 앞머리를 흔들며 휴대폰에서 손을 뗐다.

"그래도 역시 작별인사를 하지 못하는 건 슬프니까요."

소녀는 난감한 기색으로 웃었다. 표정과는 달리 가라앉은 목소리였다.

"제 휴대폰으로 연락하는 특이한 사람이 있다면 전해주셨으면 좋겠어요. 이토 치나미는 이제 없다고, 아니, 먼 길을 떠났다고. 마음 써서 떠올려줘서 고마워, 라고요."

—안녕.

◆

믿을 수가 없었다.

그 말을 인정하고 싶지 않았다.

그 사람은 오늘도 어디선가 아직 보지 못한 풍경을 찾아다니고 있다. 그런 뜻이다. 그렇게만 생각하고 싶었다.

"왜 말리지 않은 거죠?"

"타이시."

카미가 제지했다. 타케다 씨는 씁쓸한 표정을 지었다.

"……말려봤자 소용없었을 테니까. 치나미가 고심 끝에 결심했다는 건 분명했거든. 내가 왈가왈부할 문제가 아니었어."

그럼…….

"그럼 이건 어떻게 생각하세요?"

나는 아이의 계정을 보여주었다.

"이게 뭔데?"

"제가 아는 여자애예요. 쭉 연락을 주고받았는데, 어느 날 갑자기 사진을 다 지워버렸거든요. 치나미도 앱을 썼던 모양이고, 새를 좋아하고, 그러니까……."

황당한 이야기라는 자각은 있었다. 하지만 말하지 않고서는 견딜 수 없었다.

"아이가 치나미인 게 아닐까 싶어요."

"아이?"

그것은 아마 내가 마음 한구석에 품어왔던 기대였으리라. 타케다 씨는 재작년 1월에 그 사람으로부터 휴대폰을 넘겨받았다. 그렇다면…….

"그 계정에 관해 알려주세요. 언제 프로필이 작성되었다든가, 어떤 정보든 상관없어요. 아니, 그냥 타케다 씨한테 맡긴 휴대폰을 보면……."

"미안하지만 그건 안 돼."

"왜죠?"

"프라이버시니까."

어른의 대응이었다. 반론을 용납하지 않는 올바르고 강력한 정의였다.

"나도 신경은 쓰여. 그렇지만 할 수 없는 일도 있어."

이마를 짚은 그 왼손에서 반지가 빛났다. 내 안에서 소용돌이치던 열기가 사그라졌고, 나는 힘없이 고개를 떨구었다.

"……죄송합니다."

"아냐. 나야말로 도움이 되지 못해서 미안하다."

다음에 같이 식사라도 하자. 괜찮으면 치나미와의 추억을 들려줘. 그렇게 약속하고서 우리는 타케다 씨와 헤어졌다.

"……어떻게 생각해? 카미."

"어떻게고 뭐고, 몰라."

돌아가는 길에 카미는 신경질적으로 머리를 긁었다.

"몰라, 이젠 영문을 모르겠어. 대체 치나미는 정체가 뭐야? 타케다 씨도 타이시 네 이야기를 들으면서 표정을 굳혔잖아. 우리가 만났던 치나미는 뭐냐고?"

만약 우리, 즉 카미와 타케다 씨, 사타케 씨, 키타미 치후유가 보고 들은 게 정확하다면 치나미는 인간이 아니다. 인간이 똑같은 외모로 20년 이상을 살아가다니, 불가능한 일이다.

"소름 끼쳐. 토할 거 같아."

카미가 나무 그늘에 쪼그려 앉았다. 어떤 말을 해주어야 할지 알 수 없었다. 카미는 나보다 훨씬 더 긴 시간을 그 사람과 함께 보냈다. 며칠 전에 서로의 기억이 겹쳐지기 전까지만 해도 소녀였던 존재가 이제 와서는 그 정체조차도 수상쩍게 변해버렸다.

하지만, 하고 카미가 무릎을 끌어안았다. 카미는 울고 있었다.

"왜 죽어버린 건데?"

아이와 치나미는 사라졌다.

그래도 아침은 어김없이 찾아왔다. 노크를 하고, 인사를 하고, 준비한 모범 답안을 읊은 다음 집으로 돌아오면 이윽고 밤이 되었다.

인생이란 의외로 어떻게든 굴러가기 마련인가 보다.

마음이 빈껍데기가 되어도 몸은 제멋대로 살아간다. 그래도 이따금 불만을 터뜨리듯 감기에 걸렸고, 그런 날이면 왠지 머리가 맑아졌다. 내일도 그냥 땡땡이쳐버릴까 하고 안일한 생각을 해보기도 했다.

그런 자신을 인정할 수는 없다. 하지만 그렇게 해서 마음이 편해진다면 가끔은 괜찮지 않을까 하는 생각이 들었다.

어영부영 일주일이 흘렀다. 지도 교수의 수업이 끝나고 나는 내일로 다가온 2차 면접의 최종 점검을 했다. 연구실을 나섰을 때 휴대폰은 밤 10시를 가리키고 있었다. 정적이 흐르는 캠퍼스를 터벅터벅 걸었다. 패밀리 레스토랑에 들렀다 갈까 하고 역으로 향하는데, 횡단보도에서 낯익은 옆모습을 발견했다.

"카미?"

그날 이후로 연락한 적 없는 친구를 불렀다. 하지만 카미는 묵묵부답이었다. 힘없는 얼굴로 흘러가는 불빛만 공허하게 바라볼 따름이었다. 설마 하는 불안감이 들었다. 내가 땅을 박찬 순간, 카미가 도로로 걸음을 내딛었다.

"야!"

아슬아슬하게 그 팔을 붙들었다. 정신을 차렸는지 "타이시?" 하고 중얼거리는 카미의 눈빛은 초점이 풀려 흐릿했다.

그 사람도 이런 심정이었을까?

잠깐 걷자고 카미에게 말했다. 신호가 파란불로 바뀌었고, 나는 카미의 손을 잡아끌었다.

"……미안해, 걱정 끼쳐서."

"됐어. 내가 멋대로 구한 거니까."

우리는 역 반대편으로 무작정 걸었다. 어깨를 움츠린 카미가 낮은 목소리로 물었다.

"혹시 내가 죽을 작정이었다고 하면 웃을 거야?"

"아니."

"하긴."

카미가 피식 웃었다.

"내가 싫어져서."

바닥을 보며 카미는 말을 이었다.

"나 옛날에 치나미한테 못된 짓을 했어. 뭘 해도 이길 수가 없어서 얼토당토않은 화풀이를 했거든. 하지만 치나미는 올곧았어. 내 잘못마저도 자기가 뒤집어쓰고, 악역을 자처했어."

카미의 목소리가 떨리기 시작했다.

"지나치게 순수해서 무리하고 만 거야. 제대로 이야기해볼걸 그랬어. 전학 가고 나서도 연락할걸 그랬어. 아니, 아니야. 애초에 내가 그런 짓만 안 했더라면……. 그런데, 이젠……."

카미는 펜스 앞에 털썩 주저앉았다. 기진맥진했는지 그 눈 밑에는 짙은 다크서클이 있었다.

"카미, 네가 이렇게 고민하는 거 남자친구도 알아?"

여자 친구가 힘든 시간을 보내는 중이니 착실하게 곁을 지켜줬으면 좋겠다. 옆에 앉으며 낯모르는 그 사람을 향해 그렇게 바라는데, 카미가 소맷부리로 코를 훔쳤다.

"미안해. 그거 거짓말이야. 나 남친 없어."

"뭐?"

카미는 학교에서 외톨이였다.

발단은 사소한 일이었을 게 분명하다. 접근해오는 남자들을 거절하는 사이, 알게 모르게 주변에서 보는 카미의 이미지가 나빠진 거겠지. 불합리하다. 하지만 그런 일은 실제로 일어난다. 결국 카미는 서서히 발붙일 곳을 잃어갔다. 그러던 어느 날, 술자리에서 놀림을 받은 카미는 이렇게 응수했다.

"멋대로 고백해오는 걸 어떡해? 오히려 민폐야."

받아들이기에 따라서는 웃어넘길 수 있는 말이었을지도 모른다. 다만 카미의 경우에는 그렇게 잘 풀려주지 않았다.

어느새 카미라는 별명에는 또 다른 의미가 생겨났다.

신(神, 카미)이라도 된 것처럼 잘난 척하는 애.

"……그래서 사회인 남친이 있다는 거짓말을 한 거야. 그러면 다 원만하게 수습되지 않을까 싶어서. 그 덕분에 최근 들어서야 겨우 나아졌어."

"그런 줄 알았으면 카미라고 부르지 않았을 텐데."

"말 못해. ……난 타이시 널 좋아하니까."

막혔던 둑이 터진 것처럼 카미가 울음을 터뜨렸다. 뭔가 반응을 보여야 한다고 생각하면서도 흐느껴 우는 카미를 그저 지켜볼 수밖에 없었다.

"날 싫어하게 될까봐 무서웠어. 내내 속여 왔다는 사실을 털어놓고 나면 친구로도 돌아갈 수 없을 것 같았거든."

눈물을 훔치며 카미는 말을 이었다.

"역시 난 치나미가 될 순 없나 봐."

흐트러진 호흡을 가다듬으며 카미는 애써 웃어 보였다.

"인과응보인 게 분명해. 난 나 자신이 되고 싶었어. 하지만 알맹이가 쓰레기여서는 결국 아무 의미가 없었던 거야. 아이가 사라졌을 때도 사실은 기뻤어. 이제 타이시 네 옆에 있을 이유가 생겼다고, 그렇게 얌체 같은 생각만 했어."

쉰 목소리로 거듭 사과하며 자기 팔에 손톱을 세웠다.

나는 카미의 무엇을 알았던 걸까.

"이제 싫어해도 돼."

카미는 몸을 웅크리고 꼼짝도 하지 않았다. 그 가냘픈 등을 보며 나는 입을 열었다.

"안 싫어해. 최소한 싫어지지는 않았어."

그게 맞을 거라고 생각했다. 카미가 우는 모습을 보면서 느낀 솔직한 심정이었다.

호주머니 속에서 휴대폰이 울렸다. 타케다 씨였다. 화면을 들여다본 카미가 "받아." 하고 살짝 턱짓을 해보였다.

"야마우라입니다."

"밤늦게 전화해서 미안한데, 아이 양의 계정에 사진이 올라왔어. 일단 그 사실을 알려주고 싶어서."

다소 흥분한 목소리가 들려왔다. 서둘러 아이의 계정을 확인해보았다. 하지만 그 페이지에는 아무것도 없었다.

"올라온 게 없는데요?"

"잠깐 눈을 뗀 사이에 지워버린 모양이야. 이럴 줄 알았으면 저장해둘걸."

"어떤 사진이었는데요?"

타케다 씨는 잠시 침묵하다가 해질녘의 놀이터였어, 라고 대답했다. 나는 재촉하듯 물었다.

"거기 혹시 노란 그네가 있었나요?"

"글쎄, 그것까지는 기억이 안 나는데."

그러나 내 안에서는 이미 결론이 난 상태였다. 그곳이 바로 그 장소일 거라는 기묘한 확신이 싹텄다.

"알려주셔서 감사합니다. 큰 도움이 됐어요."

"그보다 치나미 양 말인데……."

타케다 씨가 화제를 바꾸었다. 그 음성은 이미 차분함을 되찾은 후였다.

"그녀에 관해서 다시 한 번 생각해봤어. 믿기 어려운 이야기인 건 사실이야. 무섭기까지 해. 하지만 치나미 양이 내 기운을 북돋워주려고 했던 건 분명해. 그런 치나미 양을 완전히 부정하는 건 예의가 아니라는 생각이 들었어."

이건 그냥 인사치레로 하는 소리가 아니야. 타케다 씨는 그렇게 전제를 달고 덧붙였다.

"조만간 시간을 내서 셋이서 보자. 그리고 너희가 만난 치나미 양이 어떤 사람이었는지 가르쳐줬으면 해. 좀 더 잘 알고 싶으니까."

전화가 끊겼다. 나는 몸을 일으켰다.

아이는 정말 치나미였어.

머리색,

나이,

사는 곳.

그런 요소와는 상관없이 다시 좋아하게 됐던 거야.

"타이시, 무슨 일이야?"

"카미, 치나미는 살아 있어."

카미의 눈이 휘둥그레졌다.

"정말?"

"응. 아이가 치나미야."

그렇게 대답했을 때, 나는 카미의 표정에 안도뿐만 아니라 슬픔도 어려 있음을 깨달았다.

"타이시, 넌 왜 그렇게 치나미를 만나고 싶은 거야?"

그러면 그때 손에 넣을 뻔했던 게 뭔지 깨닫게 될 것 같으니까.

한 번 더 변할 수 있을 것 같으니까.

"타이시, 넌 너야."

카미가 말했다.

"치나미하고는 상관없이 넌 변했어. 점심 메뉴도, 가고 싶은 회사도. 날 구해준 것까지도 다 너 스스로 결정하게 됐잖아. 다른 사람이 원해서가 아니라, 타이시 네 뜻대로 선택할 수 있게 된 거야."

그러니까 가지 마. 카미는 애절하게 같은 말을 되풀이했다. 옷자락을 붙잡는 힘없는 손에 내 몸이 멈칫했다.

그래도 나는 만나러 가고 싶었다.

그날의 속삭임이 되살아났다.

난 너를 좋아할 수가 없어.

나이를 먹지 않는 그 사람에게 그 말이 지니는 의미는 다를 터였다. 얼마나 많은 감정이 담겨 있었을까? 헤어지기 직전에 대체 무슨 생각을 했던 걸까?

그 사람은 틀림없이 그곳에 있다.

카미가 내 어깨에 몸을 기댔다. 그리고 다정하게, 혼잣말처럼 물었다.

"아이가 진짜 치나미일까?"

"아마도."

"내일 당장 가보게?"

"응."

"그럼 면접 못 보게 되잖아."

"응."

"정말 후회 안 해?"

"응."

짧은 정적이 흐른 후, 카미가 하늘을 올려다보았다. 그리고 포기한 것처럼 눈을 감았다.

"역시 치나미한테는 못 당하겠다니까. 이런 스토커한테 사랑받고 말이야. 결국 두 번 다 져버렸네."

카미는 크게 소리 내어 웃었다. 나는 충동적으로 물었다.

"혹시 내가 지금 좀 미친 것 같아?"

"응, 정상은 아니지."

"변했어?"

"변했어. 타이시 네가 내 말에 반대하는 거, 이번이 처음 아니야?"

"이기적으로 굴어서 미안."

"괜찮아. 그래도 좋아하니까."

정장과 면접용 자료에는 손도 대지 않고, 나는 침대에 누워 문고본을 펼쳤다. 『너에게 쓰는 비밀』. 이 책에 묘사된 것은 다름 아닌 그 사람이다. 그렇게 생각하니 또 다른 느낌으로 읽게 되었다. 소설이라기보다도 일기를 보는 것 같았다.

자유분방한 치사토에게 이끌리는 유미는 키타미 치후유와 닮은 꼴이다. 키타미 치후유에게 그 사람은 어떤 존재였을까? 소설 속의 두 소녀처럼 아름다운 관계였을까?

side. 키타미 치후유

1990-11-20

그림자 색 나무들이 흘러갔다. 토카이도(東海道) 신칸센 첫차에는 바람 가르는 소리만이 울려 퍼졌다. 우리 둘뿐이네, 하고 다리를 쭉 펴는 치나미를 보면서 나는 좌석 깊숙이 몸을 묻고 한숨을 쉬었다.

"치짱, 괜찮아? 피곤하지는 않고?"

"응, 괜찮아."

마음과는 반대되는 대답을 했다. 그냥 앉아 있을 뿐인데도 옭죄는 듯한 폐쇄감이 엄습해왔다. 팔다리가 묵직하게 느껴져 내 몸이 얼마나 쇠약해졌는가를 실감했다. 그래도 대수롭지 않은 척했다.

"11월은 좀 춥네."

"치짱을 알게 된 지도 벌써 세 달이나 됐으니까. 그러고 보니 눈 깜짝할 사이네."

"그러게. 아무튼 빨리 대왕 삼나무 보고 싶다."

"응, 나도 기대돼."

미소 짓는 치나미에게 마주 웃어 보였다. 동감이라는 표정을 지으며 다른 생각을 했다.

나는 죽을 작정이야.

목적지에 도착하면 낭떠러지 밑으로 몸을 던질 거야. 그대로 굴러 떨어져 적당한 나뭇가지에 꿰이기라도 하면 되겠지.

그때 치나미는 어떤 표정을 지을까?

틀림없이 이해 못하겠지. 넌 그런 애니까. 친구라고 말해줬지만, 난 단 한 번도 그런 식으로 생각한 적이 없다.

이건 복수야.

넌 빛을 주었어.

지나치게 눈부신 빛을, 고통스러울 정도로.

그러니 그만큼의 그림자를 줄게.

창밖을 보았다. 먼 곳을 날던 새 한 마리가 하늘 높이 날아올랐다.

◆

"못 날아."

여름의 끝자락, 누군가 내게 말을 걸었다.

3층 병실 베란다에서 막 허공으로 뛰어내리려 했을 때였다. 주차장에 카메라를 든 소녀가 서 있었다. 나를 빤히 쳐다보며 소녀는 진지한 목소리로 말했다.

"사람은 못 날아. 새가 아니니까."

"알아. 못 나니까 뛰어내리려는 거야."

또렷한 목소리가 흘러나왔다. 소녀는 고개를 갸웃했다.

"그게 무슨 소리야?"

"너랑은 상관없잖아."

"……아, 앗, 잠깐, 그러면 안 돼."

깜짝 놀란 기색으로 후다닥 내 밑으로 달려오더니, 받아 안겠다는 듯 양팔을 벌렸다.

"자, 이제 됐어."

"……걸리적거려."

"괜찮아."

"안 괜찮거든?"

아무리 말해 봐도 소녀는 요지부동이었다. 나를 똑바로 쳐다보며 꼼짝도 하지 않았다.

"……알았어. 안 하면 되잖아."

나는 포기하고 병실로 돌아가려고 했다. 베란다 난간을 잡았다. 하지만 팔에 힘이 없어 몸을 끌어올릴 수가 없었다. 검사를 받느라 지친 탓인지도 모른다.

"있잖아."

나는 멋쩍게 고개를 돌렸다. 그리고 어리둥절한 기색으로 눈을 깜빡이는 소녀를 보며 난간을 탁 쳤다.

"그 대신 책임지고 좀 도와줘."

그렇게 처음 만난 뒤로 3주가 흘렀다. 치나미가 손을 흔들며 병실 문을 드르륵 열어젖혔다.

"치후유, 상태는 좀 어때?"

"그냥저냥. 나빠지지도 않았고, 좋아지지도 않았어."

"그게 아니라 소설 말이야."

내 병세에 관심을 보이는 대신 치나미는 원고 진척 상황을 물었다. 테이블 옆에 놓인 종이는 여전히 백지로 남아 있었다. 나는 책을 좋아한다. 어릴 적에는 그림책을 자주 읽었고, 지금도 침대 선반에는 문고본이 좌르륵 꽂혀 있었다. 초등학교 때 꿈이 소설가였다고 했더니, "그럼 이참에 한번 도전해보자!"라며 치나미가 원고지를 사왔다. 하지만 읽는 것과 쓰는 것은 역시 하늘과 땅 차이여서, 아이디어조차 떠오르지 않아 시작부터 벽에 부딪치고 말았다.

"당장은 어려워. 초짜가 대뜸 쓸 수 있을 리가 없다니까."

"에이, 그런 소리 말고. 자, 오늘도 사진 가져왔어. 필요하면 참고해!"

침대 위에 알록달록한 색이 넘쳐흘렀다. 전국 각지를 돌며 생활한다는 말에 걸맞게 그중에는 관광지가 아닌 다른 사진도 많았다. 하나같이 치나미의 개성이 담겨 있어, 흔한 풍경조차도 특별한 분위기를 자아냈다.

"치나미, 네 사진은 정말 예뻐."

"고마워. 아직 초보지만 말이야."

치나미는 쑥스러운 듯 웃었다. 오랜만에 나누어보는 또래와의 대화에 나도 자연스레 미소를 지었다. 치나미는 오늘도 자기 마음대로 이런저런 이야기를 하다 돌아갔다. 일상 속에 불쑥 나타난 자유분방한 소녀와 함께 보내는 시간은 비록 일방적으로 흘러가는 경향이 있을지언정, 그렇게 나쁘지만은 않았다.

◆

"치짱, 그날 왜 뛰어내리려고 했던 거야?"

차를 마시던 치나미가 물었다. 산 너머로 떠오르는 아침 해를 터널이 가로막았다. 그 간격이 점차 짧아지기 시작해, 산간지대로 들어왔음을 실감했다. 유리창 밖으로 쏜살같이 흘러가는 형광등 불빛을 눈으로 좇으며 대답했다.

"치료비가 엄청나게 드니까. 남동생이 내년에 고등학교 입시를 치르는데, 사립에도 지원하고 싶을 거거든. 기왕이면 산 사람을 위해 돈을 써줬으면 좋겠어. 내가 하는 건 치료가 아니라 연명이야. 아직 앞날이 창창한 동생이 곧 죽을 누나 때문에 많은 것을 포기해야 하다니, 바보 같잖아."

"하지만 치짱도 살아 있는걸?"

"짐이 되기 싫다는 뜻이야."

열일곱 살의 가을, 나는 몸이 좋지 않아 학교를 조퇴했다. 일주일이 지나도 나른함이 가시지 않아서 병원을 찾아 종합검진을 받았고, 의사에게 불려갔다. 그리고 알게 되었다. 나는 병에 걸렸고, 병세는 이미 진행 중이어서 앞으로 그렇게 오래는 살지 못하리라는 사실을. 그 후로 어느덧 2년이 흘렀다.

"그래서 이번에 자택 요양으로 바꾼 거야?"

"응. 그게 돈이 덜 드니까. 엄마도 매일 병실에 들락날락하는 것보다는 여러모로 편할 테고."

하지만 그게 다는 아니었다.

사실은 치나미에게서 벗어나고 싶었다.

치나미는 모른다. 그 천진난만함을 내게 어떻게 생각하는지.

◆

치나미는 오늘도 침대 가득 사진을 펼쳐놓았다. 그리고 "치후유, 이것 봐!" 하고 셔터를 누른 순간에 대해서 자랑스럽게 설명했다. 처음에는 즐거웠지만, 나는 차츰 그 대화에 미소 짓지 못하게 되어갔다.

깨닫고 마니까. 살아가는 세계의 차이를. 별 뜻 없는 사진 하나하나가 이 하얀 방이 세상과 단절된 공간이라는 점을 여실히 보여주었다. 그 사실이 언제부터인가 고통스럽게 느껴졌다.

"치나미, 사진은 이제 됐어. 고마워."

봉투를 도로 밀어주자, 치나미는 어리둥절한 표정을 지었다.

"……왜?"

"여태까지 실컷 봤으니까. 이제 충분해."

"에이, 아직 보여주고 싶은 사진이 잔뜩 있는데."

"그게 아니라…… 아무튼 다음부터는 다른 이야기를 하자. 뭔가 딴 거."

공허한 마음이 채워질 만한 이야기를.

"……응, 알았어. 그럼 치후유가 좋아할 만한 걸 가져올게!"

뭔가 짚이는 데가 있는지, 치나미는 의기양양한 모습으로 돌아갔다. 일주일쯤 지나 다시 병실 문을 두드린 치나미는 양손에 든 종이봉투를 흐뭇한 표정으로 치켜들었다.

"짜잔~! 여행지에서 산 기념품이야!"

치나미는 아무는 속도보다 빠르게 내 마음에 구멍을 냈다. 내가 좋아한다고 굳게 믿고, 신이 나서 그런 행동을 거듭했다. 분명히 싫다고 했는데, 거부했는데. 참을성이 한계에 이르렀다.

"치나미, 부탁이야. 이제 그만해."

나는 언성을 높였다. 열쇠고리를 쥔 채로 치나미가 눈을 깜빡였다.

"제발 그만해. 치나미 네가 멋진 여행을 해왔다는 건 알겠어. 근데 그런 이야기를 듣다 보면 괴로워. 난 못 간다고 생각하면 허무해져. 그러니까 미안하지만 다른 이야기를 하자."

"……하지만 난 그것 말고는 할 만한 이야기가 아무것도 없는걸?"

"그럼 애써 올 필요 없으니까."

돌아가 줘. 치나미에게 나를 격려해달라고 부탁한 기억은 없다. 그저 시시한 잡담을 하면서 함께 웃을 수 있기를 바랐을 뿐이다. 시트를 움켜쥔 치나미의 시선이 침대 위를 배회했다.

"……그래? 알았어. 미안해."

치나미는 천천히 고개를 끄덕였다. 죄책감이 드는 것은 사실이었다. 그렇지만 마음 한구석에서는 안도했다. 고개를 떨구고 떠난 치나미와 교대하듯 엄마가 들어왔다. 나는 그 손을 잡고 부탁했다.

"있잖아, 엄마. 나 역시 집으로 돌아가고 싶어."

설령 치나미가 다시 찾아온다 해도 이곳에는 이제 아무도 없다.

그 정도면 분명 내 마음을 알아주겠지.

◆

일반 열차를 갈아타며 이동한 우리는 어느 작은 역에 내렸다. 산골짜기의 하늘은 희끄무레한 안개로 덮여 있었고, 늦가을의 스산한 바람이 옷깃을 파고들었다. 시간표 간격이 뜨문뜨문한 대합실에서 등산로로 향하는 버스를 기다렸다.

"치나미, 짐 맡겨서 미안해. 내 것까지 들려면 무거울 텐데."

"에이, 아냐. 말 꺼낸 사람은 나인걸? 이 정도는 거뜬해."

"그래?"

"아참. 치짱, 소설 다 썼다며? 돌아가면 꼭 보여줘야 해, 알았지?"

"그래, 돌아가면."

"응, 오늘 보여주기야! 약속!"

다짐을 받듯 단단히 못을 박았다. 치나미는 전국 여행을 막 시작한 참이라고 했으니, 어쩌면 곧 떠나야 하는지도 모른다.

그래도 상관없다. 원하지 않아도 읽게 될 테니까.

이대로 보낼 수는 없다. 자기 혼자 만족하고 떠나도록 내버려두지는 않겠다.

◆

"치나미가 놀러왔단다."

엄마가 그렇게 말하며 방문을 열었다. 나는 깜짝 놀라서 읽던

만화책을 거꾸로 덮었다.

"뭐? 치나미가?"

"어머, 약속한 게 아니었니?"

자택 요양으로 변경했다는 사실을 치나미는 모를 터였다. 그렇지만 집 이야기는 언젠가 꺼낸 적이 있었는지도 모른다. 수소문해서 찾아왔구나, 치나미.

"……어떡할래? 치후유. 너 오늘은 컨디션이 별로잖아."

병세는 서서히 악화되어갔다. 일상생활에는 지장이 없지만, 잠을 설치는 날이나 몸이 처지는 날이 늘어났다. 추운 아침이면 관절과 근육이 쑤셨다. 내 얼굴에서 내키지 않는 티가 났는지, 엄마가 돌려보낼까? 하고 웃었다. 내가 입원하고 난 뒤로는 일도 그만두고 내내 옆에 붙어서 병수발을 들어주었다. 의연하게 행동하기는 하지만, 화장으로도 피곤한 기색을 다 감출 수는 없었다.

"아니야, 들어오라고 해."

그럴게. 문이 닫혔다. 곧이어 치나미가 들어왔다. 책상에 딸린 의자를 빼내며 치나미가 방을 빙 둘러보았다.

"귀엽다. 그리고 깨끗해."

"그야 줄곧 빈방이었으니까.

"그렇구나."

그런 잡담을 하려고 온 게 아니었던 거겠지. 건성으로 대꾸한 치나미가 힘차게 몸을 내밀며 말했다.

"있지, 나 내가 할 수 있는 게 뭔지 생각해왔어."

"그게 무슨 소리야?"

있잖아, 하고 치나미가 운을 뗐다. 불길한 예감이 들었다.

"치후유 네가 하고 싶은 일을 알려줘. 내가 최선을 다해서 도울 테니까."

머리가 지끈지끈 아팠다. 그 자신만만한 표정에 눈앞이 깜깜해졌다.

날 좀 내버려둬. 내가 언제 도와달라고 부탁이라도 했어?

왜 그렇게 현실을 직시하게 만들지 못해서 안달이야? 그 천진함에, 무신경함에 짜증이 났다. 치나미와 나는 다르다. 그러면 다른 방식으로 살면 그만이다. 일부러 옆으로 다가와 차이를 과시할 필요는 없지 않은가. 지독하게 거슬렸다.

음습한 감정이 끓어올랐다. 아무리 거부해도 내 마음을 마구 짓밟아대는 치나미에게 앙갚음할 계획이 떠올랐다. 저절로 웃음이 났다. 내게는 아직 누군가를 미워할 여유가 있구나. 책꽂이에 시선을 고정하자 그럴싸한 거짓말이 줄줄 흘러나왔다.

"사실은 나 죽기 전에 꼭 가보고 싶은 곳이 있거든. 거기로 데려가줘. 부탁이야."

내 속내는 짐작조차 못하고, 치나미는 목이 떨어지라 힘차게 고개를 끄덕였다.

"알았어. 같이 가자, 치후……."

대답하던 치나미가 갑자기 입을 다물었다.

"왜 그래?"

"있잖아, 부탁이 있는데……."

"뭔데?"

"나 사실은 남의 집에 놀러와 본 적이 없거든. 네가 처음 생긴 친구야. 그래서, 저기……."

우물쭈물 말꼬리를 흐리던 치나미가 한 차례 심호흡을 하더니, 내 눈치를 살피듯 조심스러운 표정으로 물었다.

"치후유, 널 치짱이라고 불러도 돼?"

◆

울창한 나무숲이 반겨주는 등산로 입구에서 나는 신발 끈을 고쳐 맸다. 치나미는 안개 너머를 가만히 응시하며 물었다.

"드디어 시작이네. 정말 안 쉬어도 되겠어?"

"응. 얼른 대왕 삼나무를 보고 싶어."

한번 앉으면 일어설 기력마저 사라져버릴 것 같았다.

"힘내자, 치짱."

걸음을 내딛는 내 어깨를 치나미가 토닥였다.

치후유니까 치짱. 그렇게 치면 치나미도 치짱이 되는데, 본인은 그 사실을 아는 걸까?

이 길 끝에는 1800년 묵은 고목이 있다. 통칭 대왕 삼나무다. 관광지로서 정식 명칭은 따로 있고, 대왕 삼나무라는 별명은 이 지역을 무대로 한 소설에서 여주인공이 붙인 이름이었다. "그거 괜찮다. 이름도 특이해서 재미있고, 나도 실물이 궁금해!" 솔직히 먼 곳이라면 어디든 상관없었지만, 치나미의 반응은 적극적이었다. 수시로 우리 집에 들러 챙겨갈 물건을 정하고 스케줄을 조정했다.

나도 해야 할 일을 했다. 엄마에게 끈질기게 졸라댄 끝에 마침내 외출 허락을 받아냈다. 병원에도 문의해서 나를 돌봐줄 동행인이 있다면 하루쯤은 괜찮다는 허가가 떨어졌다. 그러니까 당일치기로 다녀올 수 있도록 새벽 다섯 시에 집 앞에서 기다릴게. 데리러와, 치나미.

그렇게 거짓말을 했다.

실제로는 엄마에게도 병원에도 알리지 않았다. 「치나미랑 놀러 갔다 올게」라는 편지 한 장만 남겨놓고 멋대로 집을 빠져나왔다.

"치짱, 결국 완성될 때까지 소설 안 보여줬잖아! 왜 그렇게 뜸을 들이는 건데?"

"너무 그러지 마. 한꺼번에 읽는 게 더 재밌을 거야."

그토록 써지지 않던 소설이 계획을 세운 후에는 일사천리로 진행되었다. 다 쓴 원고는 찾기 쉽도록 일부러 선반에 숨겨두었다. 그 속에는 치나미가 나를 마음대로 휘두르는 내용이 담겨 있었다. 등장인물이 누구인지 명시하지는 않았지만, 읽은 사람이라면 누구나 치나미가 나를 부추겨 이번 여행에 나서게 만들었다고 여길 터였다.

그리고 나는 죽는다. 대왕 삼나무를 보고, 절벽에서 투신하면

다 끝난다.

그러면 된다. 그게 가족들을 위하는 길이다.

내가 자의로 죽음을 선택하는 것보다 사고로 딸을 죽게 한 치나미를 원망하는 게 마음 편할 테니까. 나는 빛을 거부했다. 이제 그만하라고 말했다. 그러나 치나미는 듣지 않았다.

그러니 너에게는 상응하는 마음의 짐을 짊어지게 해주겠어.

잡지에서는 30분쯤 가면 대왕 삼나무가 나온다고 했지만, 내 상태로는 어려울 듯했다. 험한 길을 노려보며 꺾이지 않도록 걸음을 내딛었다. 나뭇가지 사이로 아침 햇살이 부서졌다.

"예쁘다."

치나미가 말했다. 하지만 내게는 대답할 여유가 없었다. 약해질 대로 약해진 몸이 안팎으로 비명을 질러댔다.

"너무 빨라, 좀 천천히 가."

애걸하는 목소리가 쉬어 있었다. 치나미는 사진을 찍으며 사뿐사뿐 앞장서갔다. 나를 위해서라고 한 사람은 자기면서 혼자만 즐기기야?

그때 갑자기 발이 주르륵 미끄러졌다. 아침이슬에 젖은 길에 신발 밑창이 헛돌았다. 균형을 잃은 몸이 휘청하며 내 뜻과는 상관없이 절벽 쪽으로 기울어졌다. 큰일이다. 뭔가 붙잡으려고 뻗은 손은 허공을 갈랐다. 발이 공중에 뜨며 어찌해볼 도리가 없어지자, 불현듯 마음이 가벼워졌다.

그래, 맞아.

꼭 목적지까지 가야 할 필요는 없잖아.

지금 여기서 끝난다 해도 상관없어.

죽는다. 이제 몇 초 후면 나는 죽는다.

짧은 인생이었다. 만약 다음 생이 있다면 그때는 부디 튼튼한 몸으로 태어나기를.

"치짱!"

나를 본 치나미가 부르짖었다. 그리고 나무 둥치를 잡고 까치발을 디딘 채 몸을 한껏 내밀어 내게로 팔을 뻗었다. 그 필사적인 얼굴과 눈이 마주친 순간, 나는 무의식적으로 내 앞에 있는 손을 잡았다.

둔탁한 충격이 어깨와 허리를 강타했다. 귀가 울었다. 숨이 턱 막혔다. 나는 반사적으로 몸을 웅크렸다. 가까스로 눈을 뜨고 고통으로 일그러진 시야로 주위를 둘러보고 나서야 내가 아직 등산로에 있음을 깨달았다. 그러나 치나미는 아무데도 없었다.

"치나미!"

비탈길 밑을 내려다보았다. 머리칼이 헝클어진 치나미가 조금 아래쪽 땅바닥에 누워 있었다. 눈을 감고 쓰러진 치나미는 팔다리를 힘없이 늘어뜨린 채로 움직일 줄 몰랐다.

아니야, 안 돼.

"치나미!"

나는 울부짖었다. 깨어나지 않는 치나미를 하염없이 목 놓아 불렀다.

이럴 작정은 아니었다. 제발 누가 거짓말이라고 해줘.

거슬리기는 했다. 하지만 죽기를 바란 적은 없었다. 부탁이야, 이런 바보 같은 계획은 다 집어치울 테니까. 얌전히 집으로 돌아갈 테니까, 그러니까, 다 잘 할 테니까! 제발 눈을 떠!

"치나미!"

그 눈꺼풀이 소리 없이 움직였다. 푸른 눈동자가 허공을 배회했다. 이윽고 나를 발견한 치나미는 평소처럼 다정하게 웃었다.

끌어주는 손을 잡고 산비탈을 올랐다. 어느새 상당히 높은 곳까지 올라왔는지, 햇볕에 잠긴 산들이 멀리까지 내다보였다. 치나미의 걸음걸이가 부자연스럽다는 사실을 깨닫고 짐을 조금 넘겨받았다. 상상을 뛰어넘는 무게였다. 맙소사, 이런 걸 계속 들고 다녔단 말이야?

"치나미, 나한테 왜 이렇게 잘해주는 거야?"

그렇게 묻자, 치나미는 "친구니까."라고 짤막하게 대답했다.

"그리고 약속했으니까."

"약속?"

"『그 대신 책임지고 도와줘』라고 했잖아. 치짱은 그날 뛰어내리려고 했어. 그걸 말렸으니까, 힘닿는 데까지는 돕고 싶어서."

"……치나미, 그건 그런 뜻으로 한 말이 아니야."

"응? 그래?"

눈을 동그랗게 뜬 그 얼굴이 우스워 웃음이 새어나왔다. 그래서 그토록 열심이었던 거구나. 그렇게까지 애쓸 필요 없었는데.

"치나미, 넌 진짜 바보구나."

"호, 혹시 화났어?"

"화 안 났어. 자, 이제 얼마 안 남았다며? 얼른 가자."

손을 맞잡았다. 치나미는 기쁜 듯 미소 지었다.

미안해.

치나미는 항상 내게 다정했던 거구나.

한동안 산을 오르다 보니 갑자기 언덕길이 끝났다. 풀숲 가득 햇살이 고인 평지가 나타났다. 푯말이나 안내판은 없었지만, 어떤 예감이 들었다. 위를 올려다보았다. 눈앞에는 하늘을 향해 자라난 대왕 삼나무가 정적 속에 느긋하게, 그러면서도 엄숙하게 서 있었다.

"……와아."

치나미는 조용한 탄성과 함께 카메라를 들었다.

웅대하다고 하기에 손색이 없는 모습이었다. 중간까지는 마른 껍질로 덮여 있는데, 그 위쪽은 폭발하듯 가지 끝까지 녹음이 무성했다. 바람이 불 때마다 나무가 우는 듯한 술렁임이 투명한 공간을 감쌌다. 심호흡을 하고 싶어진 것은 치나미도 마찬가지였는지, 우리는 두 팔을 활짝 벌린 채 서로를 보며 웃었다.

나무 밑동에 걸터앉아 치나미가 만들어온 샌드위치를 먹었다.

"소풍 온 기분이야."

"그렇게 널널한 게 아니라니까."

따스한 햇살이 피부를 간질였다. 미소 어린 입매로 달걀 샌드위치를 베어 무는데, 치나미가 이끼 위로 몸을 누이며 말했다.

"치짱, 넌 아프기 전에는 어떤 애였어?"

무신경한 질문이라는 생각은 들지 않았다. 나는 새콤한 마요네즈를 입 안에서 굴리며 기억을 더듬어보았다.

"나 말이야, 친구가 꽤 많았어."

"그래?"

"옥상에서 도시락도 까먹고, 친구네 집에서 깜깜해질 때까지 내내 수다를 떨기도 했어. 하교 시간을 넘겨서 하룻밤 자면서 학교 축제 준비를 한 적도 있고."

"와, 재밌었겠다."

"응. 친구들이랑 놀 때가 가장 즐거웠어. 얼른 쉬는 시간이 되기만 기다렸고, 수업은 안중에도 없었지."

그랬구나, 하고 치나미가 눈을 감았다. 그리고 "그럼……." 하고 부드럽게 웃었다.

"좋아하는 사람은 있었어?"

"응."

"어떤 사람이었는데?"

"3학년 선배. 야구부였는데 학교에서 인기가 많았어. 자랑은 아니지만, 그때는 나도 고백 좀 받고 그랬거든. 하지만 다 거절했어. 그랬더니 친구가 3학년 교실까지 정탐하러 가서 선배도 나한테 호감이 있다는 이야기를 해줬고, 그리고……."

그리고 나는 입원하게 되었다.

친구들과도 연락이 끊겼다. 「그럼 다음에 또 병문안 올게」라는 약속은 점점 형식적인 인사가 되어갔다. 부담스러운 존재로 변해가는 것을 견디기가 힘들어, 나는 차라리 외톨이가 되기로 마음먹었다.

"……가능하면 조금만 더 남들처럼 살아보고 싶었는데."

평범한 일상의 행복을 더 많이 누리고 싶었다.

치나미는 진지한 표정으로 뭔가 생각하는 기색이었다. 그러다가 좋아, 하고 벌떡 일어서더니 척척 쓰레기를 정리했다.

"그럼 이만 돌아갈까?"

치나미는 언제나 쾌활하다. 틀림없이 누구에게나 그런 식일 테고, 내가 환자라는 사실은 중요하지 않다. 배낭을 메는 그 뒷모습이 갑자기 애틋하게 느껴졌다.

"……왜 그래?"

내가 머리를 쓰다듬자, 치나미는 놀란 표정을 지었다.

"그냥. 이제 가자."

손을 잡고 왔던 길을 되돌아갔다. 고개를 돌리자 아직 대왕 삼나무가 보였다. 청록색 초목이 나부끼는 고즈넉한 풍경. 그것이 별안간 와락 일그러졌다.

빈혈인가? 멈춰 서려던 다리가 꼬였다. 평형감각이 어지럽게 요동치며 슬로 모션으로 땅이 눈앞으로 다가왔다. 잠깐, 지금은 안 돼. 치나미가 정말 나쁜 애가 되어버려. 아니, 아니야. 난 줄곧 나 자신을 속여 왔던 거야. 「살고 싶었던」 게 아니야. 나는 역시…….

기억이 되살아난다.

눈에 익은 풍경이었다. 부옇던 시야가 맑아져갔다.

나는 난간을 꽉 거머쥐었다. 발치가 서늘해 눈을 질끈 감았다. 이런 꼴을 누가 보기라도 하면 대망신이다. 주차장에서 올려다보는 사람이 또 나오지 않기를 간절히 빌었다.

아까 그 애는 대체 뭐였을까?

모르는 척하거나 설득하려고 했다면 그나마 이해할 수 있다. 그런데 바로 밑에 버티고 서서 「됐어」라니.

병실 문이 열렸다. 헉헉거리며 나타난 소녀가 쏜살같이 뛰어와 내 팔을 세게 잡아당겼다. 그 힘에 이끌려 베란다에 나동그라졌다. 바닥이 있다는 사실에 안도하며 쓰러진 채 올려다본 그 얼굴은 당장이라도 울음을 터뜨릴 것 같았다.

왜 네가 더 괴로운 표정인데?

농담을 하고 싶어졌다. 웃어주기를 바라며, 나는 너스레를 떨었다.

"위험했어. 사실은 방금 전까지 어쩌면 날 수 있을지도 모른다고 생각했거든."

점처럼 빛이 꽂혀들었다. 점차 퍼져나간 그 빛이 사방의 어둠을 하얗게 감쌌다. 눈이 부셨다. 눈을 감았는데도 눈이 부셨다. 눈부셔서 참을 수가 없는데 실수로 눈꺼풀을 들어올렸다. 아까보다 더 강렬한 섬광이 눈을 찔렀다. 눈이 적응해서 경치가 보이기 시작했을 때, 내 시야를 채운 것은 푸른 하늘이었다.

"치짱."

그리운 얼굴이 비쳤다. 감각이 또렷해져갔다. 뺨으로 눈물이 흘러내렸다.

살아 있다.

내 인생에는 아직 다음이 있다.

"치나미, 이리 와."

"응?"

"부탁이야."

치나미의 팔을 잡아끌었다. 가느다란 손가락이 내 목에 휘감기자 호흡이 끊기고 몸의 감각이 둔해져갔다. 의식이 사라지기 직전에야 마침내 나는 그 손을 쳐냈다. 균형을 잃은 치나미가 내 위로 털썩 쓰러졌다. 차가운 공기가 폐를 채우며 심장 박동이 원상태로 돌아가는 게 느껴졌다. 또다시 눈물이 쏟아졌다. 주체할 수 없이 흘러내렸다. 나는 치나미의 등을 힘껏 부둥켜안았다.

"……치짱."

"치나미, 난 역시 살고 싶어."

그렇게 생각했다. 이유를 따지지 않고 진심으로 바랐다.

정말로 죽고 싶었다면 나는 그날 죽을 수 있었다. 치나미가 병실로 올라오기 전에 난간에서 손을 떼기만 하면 되었다.

삶은 고통스럽다.

하지만 그래도 살고 싶다.

가족에게, 친구에게, 그 누구에게 상처를 줄지라도 나는 이 세상에 머물고 싶다. 원하는 대로 살아보고 싶다.

"있잖아, 못된 소리 좀 해도 돼?"

나직한 목소리가 귓가로 흘러들었다. 치나미의 작은 손이 내 머리를 쓰다듬었다.

"치짱, 난 네가 포기하는 모습을 보고 싶지 않아. 살고 싶다고 했잖아. 그게 아무리 힘들어도 지지 않았으면 좋겠어. 난 치짱의 괴로움과 갈등에 대해서는 아무것도 몰라. 이기적인 바람이라는 건 알아."

다정한 음성이었다.

"그래도 이제 죽고 싶다는 생각은 하지 마."

부드럽게 끌어안는 그 힘이 내가 여기 있음을 알려주었다.

빛이 있기에 그림자를 알 수 있다.

그림자가 있기에 빛을 알 수 있다.

나는 언제나 살고 싶다고 바랐던 거다.

잠에서 깨어나 실눈을 떴다. 차내에 넘실거리는 석양과 선로의 규칙적인 덜컹거림이 시트를 타고 전해져왔다. 마치 꿈을 꾸는 것 같았다.

"치짱, 깼어?"

"……."

치나미의 혼잣말에 반대쪽으로 등을 돌렸다. 노을 색일까, 감은 눈꺼풀 색일까. 시야가 주홍빛으로 물들었다.

"난 이제 가봐야 해. 치짱하고 함께 있을 수 있어서 즐거웠어. 다른 사람과 여행하는 건 처음이라 잘 될지 몰라서 무척 긴장됐는데."

내가 태어난 지 아직 일년밖에 안 됐다고 고백하면 웃으려나? 치나미가 농담조로 덧붙였다.

"대화도 서툴고 만나는 사람마다 미움을 사서, 내가 사람과 소통하는 건 불가능할지도 모르겠다는 생각이 들던 참이었거든. 그래서 기뻤어. 허물없이 함께 떠들고 웃을 수 있어서. 치짱 덕분에 큰 힘을 얻었어."

아니야. 힘을 얻은 사람은 나인걸.

"……그렇지만 이제 떠날 시간이야. 아직 접하지 못한 풍경과 사람들, 내가 기록으로 남겨야 할 모든 것을 찍으러 가야 하니까."

치나미는 각오한 거야. 자신의 부족함과 계속해서 상처 줄 수밖에 없는 운명을 받아들이고, 그래도 앞으로 나아갈 생각이야. 다름 아닌 자기 자신을 위해.

"잊지 않을 거야."

치나미는 또렷한 목소리로 말을 이었다. 역시 강하구나 싶었다.

"처음 생긴 친구니까. 나 끝까지 치짱을 잊지 않을게."

차오르는 눈물을 그저 가만히 참았다.

치나미가 미련 없이 떠날 수 있도록.

"다 왔어."

"다 왔네."

집 현관에 짐을 내려놓고 떠나는 택시를 배웅했다. 그리고 우리는 도로 한복판에 우두커니 서 있었다. 전철 소리가 들려왔다. 나무숲이 쏴아아 흔들렸고, 어린아이들이 뛰노는 소리가 났다. 익숙한 거리였다. 평소보다 아름다운 거리였다.

"즐거웠어, 치짱."

"응, 나도."

치나미가 배낭을 집어 들었다. 작별을 앞두고서야 나는 중요한 문제에 생각이 미쳤다.

"아참, 깜빡했을지도 모르겠는데……."

"뭘?"

"소설."

"아!"

치나미는 짐을 내팽개쳤다.

"맞다! 읽고 가야지."

"근데 역시 못 보여주겠어."

"뭐?! 왜?!"

"……전체적으로 좀 마음에 안 들어서 대대적으로 손을 보고 싶거든. 그러니까 너한테는 못 보여줘. 왜냐면 이제 떠나야 하잖아?"

치나미는 시무룩한 기색으로 "응……." 하고 고개를 끄덕였다.

"하지만……."

나는 약속했다.

"기다려줘. 나 최선을 다할게. 남은 시간 전부를 들여 치나미 네가 어디 있든 꼭 전해지도록 할게. 그러니까 만약 네 눈에 띄거든 그때는 꼭 읽어줘."

"그 말은……."

"뭐, 감상을 못 듣는 건 좀 아쉽지만."

치나미는 살짝 고개를 저었다. 그리고 나를 끌어안고 나직한 목소리로 속삭였다.

"믿고 기다릴게. 계속, 언제까지나."

치나미는 카메라를 겨누고 딱 한 번 셔터를 눌렀다. 그리고 배낭을 메고 나를 바라보며 멀어져갔다. 치나미와의 거리가 점점 벌어져갔다.

"그럼 기대할게!"

그렇게 외치고 치나미는 마침내 앞을 보며 걸음을 옮겼다. 한 발짝, 또 한 발짝. 머리카락을 휘날리는 그 뒷모습이 차츰 작아져갔다.

"치나미!"

나는 소리쳤다.

형편없이 갈라진 목소리가 흘러나왔다.

"잘 지내!"

걸음을 멈춘 치나미가 힘차게 손을 흔들었다.

아마도 웃고 있었으리라.

풍경 속으로 서서히 그림자가 녹아들었다. 이윽고 그 뒷모습은 아무리 뚫어지게 쳐다보아도 찾을 수 없게 되었다.

아침이 왔다. 나는 침대에서 몸을 일으켰다.

나른한 팔을 뻗어 선반에서 원고를 끄집어내 쓰레기통에 버린 다음, 나는 자문했다. 이야기를 완성할 의지가 있는가? 그 일에 남은 시간을 쏟아 부을 각오가 되었는가?

스스로에게 정직해지고 싶었다.

살고 싶다고 인정하는 것은 허망하다. 이 찬란한 세상의 대부분을 경험하지 못하고 나는 사라진다. 무슨 수를 쓰든 그 운명을 거스를 수는 없다. 마지막은 어떤 식으로 찾아올까? 죽음이 두려워졌다. 하지만 그러므로 써야만 하고, 남겨야만 한다. 치나미가 모든 것을 사진에 담듯 나는 문장으로 마음을 적는다.

테이블을 끌어당겨 구김살 하나 없이 빳빳한 원고지를 펼쳤다. 아직 아무것도 시작되지 않은 이야기가, 순백의 세계가 나를 기다린다.

사실 사람은 날 수 있다.

마음먹기 나름이다. 생각만 바꾸어도 나는 어디든 갈 수 있다. 누구도 본 적 없는, 까마득히 먼 곳이라 해도.

"잊지 말고 기다려줘야 해."

지금부터 쓰려는 것은 논픽션이다. 그저 스토리를 따라가기만 해서는 알 수 없는 두 소녀의 이야기. 이 세상에서 단 한 명, 같은 시간을 공유한 치나미만이 내 결의를 알아줄 테지.

그러니 이것은 편지다.

제목은 하나밖에 떠오르지 않았다. 연필을 쥐었다. 서투르지만 섬세하고 천진난만한, 고작 몇 달간 사귄 친구를 생각했다.

다시 한 번 치나미를 만나러 갈게.

그때 나는 이 세상에 없을 테지만.

첫 글자를 적는다. 이야기가 시작된다.

부드러운 햇살 속에서, 나는 분명히 살아 있었다.

삼촌께.

조금 오랜만에 연락드리네요.
이제는 이 생활에도 많이 익숙해졌답니다.

생명은 언젠가 끝난다.
알고 있다고 생각했어요. 하지만 그렇게 간단한 문제가 아니었어요. 모두에게 다른 시간의 흐름에 과연 저는 정면으로 맞설 수 있을까요?
어쩌면 삼촌의 말씀이 옳은지도 모르겠어요.
보고도 못 본 척해야 하는지도 모르지요.

그렇지만 역시 서로 마음을 나눌 수 있다고 믿고 싶기도 해요.
저는 **사람**이 아니지요. 그래도 역시 함께 걸어가고 싶어요.

1990년 11월 28일(수)
치나미 올림

side. No.06742311-2
1989-08-14

바닷바람이 뺨을 어루만지고, 바닷새가 하늘에서 울었다. 엔진을 울리며 아침바다를 가르는 어선 앞으로 작은 섬이 보였다. 나는 난간을 잡고 일어나 선장님을 보며 외쳤다.

"얻어 타서 죄송해요."

"고기도 잡을 겸해서 가는 건데 뭐. 신경 쓸 거 없어. 거기서 세 시간이나 멍하니 기다리게 두기도 딱하고."

"옛날에는 연락선이 더 자주 다녔던 걸로 기억하는데요."

"뭐야, 아는 사람이라도 살았나 보지?"

"……네."

배는 차츰 속도를 늦추었다. 흰 파도가 부서지는 방파제 안쪽에서 낯익은 부두가 나타났다. 그리움이 밀려왔다. 이 섬을 떠난 후로 어느덧 30년 가까운 세월이 흘렀다.

나는 떠올렸다. 갓 태어난 내가 이곳에서 보냈던 시작의 날들을.

빛을 느끼고 눈을 뜨니 하늘이 보였다.

팔을 들어 올리자 자잘한 입자가 흘러내렸다. 나는 모래 위에 누워 있었다. 떠오르기 시작한 햇볕을 반사하는 물은 짭짤해서, 이곳이 바다임을 알아차렸다.

"네가 후임자인가?"

목소리와 함께 방사림(防沙林)에서 그 존재가 모습을 드러냈다. 규칙적인 보폭, 반듯한 자세. 이마에 새겨진 깊은 주름. 들은 것과 똑같은 모습이었다. 나는 꾸벅 고개를 숙였다.

"처음 뵙겠습니다. 앞으로 잘 부탁드립니다."

"그래. 나야말로 잘 부탁한다."

눈썹 하나 까딱 않고 그렇게 대답한 남자는 뒤돌아서 걸음을 옮겼다. 따라오라는 뜻이겠지. 나는 서둘러 그 뒤를 쫓았다.

전임자의 집은 마을 외곽의 절벽 위에 있었다. 식물이 우거진 자갈길에 새 지저귀는 소리가 울려 퍼졌다. 통나무집의 어두컴컴한 거실로 안내되어 소파에 앉아 잠시 기다리자, 전임자가 서재에서 나와 가죽 숄더백을 내 무릎에 올려놓았다.

"열어봐라."

그 안에는 은색 필름 카메라가 들어 있었다.

"네 기록 장치다."

의자에 걸터앉으며 전임자가 말했다. 손바닥에 올려놓고 셔터를 누르자, 찰칵 경쾌한 소리가 났다.

"잃어버리지 않게 조심해라. 카메라로 위장하기는 했지만, 이 행성의 기술 수준을 넘어서는 점은 변함없으니."

"네, 주의하겠습니다."

따지고 보면 기록장치보다도 내가 훨씬 더 특수한 존재지만 말이다.

"……왜 웃지?"

"제가 웃었나요?"

"아주 어설프게."

반사적으로 입가를 가렸다. "카메라 같은 것"이 받침대를 잃고

데굴데굴 바닥으로 굴러 떨어졌다. 도로 주워드는데, 머리 위에서 탄식하는 소리가 들려왔다.

"걱정스럽군."

"……죄송합니다."

정신을 바짝 차려야 한다. 이래서는 후임자의 사명을 완수할 수 없다.

이 행성을 관측하는 게 내 임무니까.

수억 광년 변경에 위치한 지구라는 행성을 "연구자"들은 별로 중요하게 여기지 않는 모양이었다.

"우리는 싸구려니까."

전임자가 비아냥거리는 뉘앙스로 말했다.

"그걸 어떻게 알지요?"

"세월이 흘러도 상하지 않는 소재를 적당히 모아다가 만들었거든."

"그건 오히려 뛰어나다는 뜻 아닌가요?"

"막 굴려도 망가지지 않으니 편리해서 그런 것뿐이야. 물론 식사나 기능 유지를 위한 휴식은 필요하지만 말이지."

창문에 비치는 그림자를 노려보며, 전임자는 억양 없는 목소리로 "그래도……." 하고 덧붙였다.

"어쨌든 인간이 우리의 정체를 꿰뚫어볼 수는 없을 거다. 지구와 연구자들 사이에는 넘어설 수 없는 기술의 격차가 있으니까."

"……얼마나 차이가 나나요?"

"가령 연구자들을 인간이라고 치면, 이 행성의 주민은 곤충 수준에 불과해."

어딘가 먼 곳에 시선을 둔 채로 전임자는 몹시 차갑게 대꾸했다.

카메라로 위장한 내 장비는 셔터를 한 번 누를 때마다 엄청나게 많은 정보를 기록한다. 실제 필름 카메라의 기능도 갖추고 있지만 핀트와 노출의 조정이 어려웠다. 시행착오를 거듭하는 내 파인더 앞을 전임자가 막아섰다. 그리고 몹시 진지한 말투로 "그보다……."라고 입을 열어 우리의 존재 의의를 재확인하는 작업에 들어갔다.

"잘 들어라. 네가 기록해야 할 것은 두 가지다. 지구의 풍경, 그리고 그 지배 생물인 인간의 생태. 이 별은 자원도 빈약하고, 생태계의 전반적인 지능 수준도 낮아. 연구자에게 유일하게 가치 있는 요소가 있다면, 그건 바로……."

"감정."

이해했음을 강조하고자 말허리를 자르듯 대답했다. 사전에 읽어본 자료가 정확하다면, 내가 감정을 수집하는 이유는…….

"인간이 어리석으니까."

그렇다. 전임자는 가볍게 고개를 끄덕였다.

"지구와 동급의 지능을 가진 다른 행성의 생명체들은 감정이나 그와 동등한 정신 활동에 휘둘리지 않아. 모든 사회가 원활하고 질서 잡힌 평화로운 세계지. 반면에 지구는 심각해. 아무리 기술이 발달해도 학습할 줄 모르고, 인간은 그저 끝없이 싸우고 같은 실수를 반복할 뿐이야. 연구자들의 눈에 지구는 분명 기이한 구경거리로 비칠 거다. 자신들이 어리석다는 걸 아직도 깨닫지 못하다니……."

하등한 족속들이지.

그 말을 끝으로 일어선 전임자는 "내일은 마을에 나갈 테니 준비해두어라." 하고 서재 문을 닫았다. 나는 전임자를 "삼촌"이라고 부르기로 했다. 타인처럼 멀지는 않지만 부모자식처럼 가깝지도 않다. 그러니 그 호칭이 안성맞춤이라는 생각이 들었다.

삼촌은 길 곳곳을 가리키며 내게 물었다.

"저 나무는?"

"소나무."

"저 표지판은?"

"제한속도 30km."

"저건?"

"허름한 슈퍼."

""허름한"이라는 말은 절대 남 앞에서 하지 마라."

삼촌에게서 물려받은 기억에 이상은 없었다. 기록해야 할 풍경, 언어의 규칙, 화폐의 사용법, 신분증 만드는 법. 이 정도 기초 지식이 있으면 일상생활에도 지장은 없을 터였다. 다만 모든 기억을 그대로 활용할 수 있는 것은 아니었다.

"틀렸어. 더 활짝 웃어야지."

삼촌이 내 양쪽 볼을 잡아당겼다. 상상했던 것보다 입꼬리를 5mm 올리고 지나가는 여성에게 인사했다.

"따님이에요?"

"아뇨, 조카가 놀러와서요."

몇 마디 잡담을 나누다가 다시 걸음을 옮겼다.

"앞으로는 그 정도로 웃도록 해라."

"삼촌보다 호들갑스럽네요."

"겉모습이 젊어 보이니까, 약간 과하다 싶은 게 딱 좋아."

"숙지했습니다."

내 대답에 삼촌의 얼굴이 어두워졌다.

"네 말투에서는 가끔 위화감이 느껴지는구나. 어쩌면 내 화법에 영향을 받은 건지도 모르지. 그때그때 바로잡아주겠지만, 너 자신도 의식하도록 해라."

"네, 숙지했습니다."

"알 · 았 · 어 · 요."

"알았어요."

"아니면 알았어."

"알았어."

따라하는 내 코앞에 손가락을 세우고, 삼촌은 타이르듯 말했다.

넌 열일곱 살 소녀야, 라고.

"너와 내가 인간형인 까닭은 인간의 생활에 녹아들기 위해서다. 당연한 이야기지만, 인간은 인간을 상대로 가장 풍부하게 감정을 드러내지. 그러니 우리는 가급적 인간답게 행동하는 게 바람직해."

집에 가면 요리 연습을 하자고 삼촌은 말했다. 우선 간단한 것부터 만들어보자는 취지에서 첫 과제는 크림 스튜가 되었다. 이어받은 기억이 있기에 만드는 법은 알고 있었지만, 지식보다 경험을 중시하는 삼촌의 방침에 따라 나는 식료품이 담긴 비닐봉지를 들었다.

"연구자는 왜 제 외모를 삼촌과 같게 하지 않은 걸까요? 그러면 개체차를 수정하는 수고도 덜었을 텐데요."

나는 여성형이다. 희고 보드라운 피부에 약간 봉긋한 가슴. 머리카락은 밝은 색으로 고개를 흔들면 찰랑찰랑 흘러내렸다. 인간의 평가 기준에서 보면 이목구비가 "반듯"하고 "예쁘장한" 외모라고 생각한다. 하지만 그러다 보니 남성형인 삼촌에게서는 배우기 힘든 점도 많았다.

"네 성별을 정한 사람은 나다. 어떤 보고를 올려도 연구자들은 반응이 없었지만, "후임자는 여성형이었으면 좋겠다"는 요청만은 받아들여졌거든."

"왜 그렇게 여성형으로 하고 싶으셨는데요?"

"생각해봐라. 예컨대 저들에게 말을 건다고 했을 때, 너와 나 둘 중 어느 쪽이 덜 경계를 살 것 같은지."

삼촌이 가리킨 곳에서는 아이들이 땅에 그려놓은 동그라미 사이를 뛰어다니며 노는 중이었다. 그 상황을 상상해보았다. 체구와 인상 같은 다양한 요소를 고려하면 아무래도 내가 더 자연스럽게 비칠 듯했다.

"바로 그거다. 말하자면 네가 딱 적임자인 셈이지."

"아하……."

내 입에서 나왔다는 사실을 믿기 힘들 만큼 성의 없는 맞장구가 흘러나왔다.

"……그 대신 너는 무척 싫증을 잘 내는 성격인 것 같지만 말이다."

비행기구름을 올려다보는 내 모습에 삼촌은 어이없다는 듯 한숨을 쉬었다.

이곳에 온 지 일주일가량이 흐르면서 몇 가지 알게 된 점이 있었다.

내가 가진 "열일곱 살 소녀"의 이미지는 연구자가 삼촌의 보고를 통해서 얻은 정보를 적당히 재현한 결과물이다. 그리고 그 과정에서 형성된 것이 "성격"에 해당하는 부분으로, 무의식의 영역에서 내 행동을 지배한다. 삼촌은 그런 내 성향을 호기심이 많고 주의가 산만하다고 표현했다.

다음과 같은 내 발언들이 그 대표적인 예였다

"카레의 풍미를 돋우려고 초콜릿을 좀 넣어봤어요. 어때요? 맛있나요?"

"앗, 빨래 너는 걸 깜빡했어요."

"지붕에 올라가도 돼요? 오늘은 별똥별을 볼 수 있대요."

"죄송해요, 국물이 끓어 넘치는 바람에 냄비를 태웠어요……."

궁금한 것은 궁금한 거고, 알아차리지 못하는 것은 알아차리지 못하는 거다. 왜냐고 물어도 설명할 방법이 없었다. "태풍이 온다니 설레네요." 웃으며 창문에 합판을 덧댔을 때는 삼촌도 떨떠름한 표정을 지어 보였다.

감정에는 이름이 있다. "설레다"도 그중 하나로, 단순한 것은 어느 정도 구분이 갔다. 하지만 내가 관측자로서 여기 있는 까닭은 그게 그렇게 간단한 문제가 아니기 때문이다. 본격적으로 조사에 들어가면 어떤 복잡한 감정을 만나게 될까? 여느 때처럼 슈퍼에 다녀오는 길에 삼촌은 내게 다시 한 번 당부했다.

"네 해맑은 성격은 좋게 해석하면 사교적이라고 할 수 있다. 그 특성을 살릴 수 있게끔 너는 특히 사람들과의 커뮤니케이션에 힘을 쏟도록 해라. 공교롭게도 나는 지나치게 합리적이어서 그쪽 방면에는 별로 소질이 없었거든."

"하긴 풍경은 꽤 많이 모였으니까요."

삼촌은 20세기 초부터 전국 각지를 누비며 많은 풍경을 기록했다. 반면에 사람들과의 교류는 미미해서 그들의 감정을 접할 기회는 적었다고 한다. 후임으로 여성형을 요청한 이유도 분명 그 점과 관련이 있겠지. 내가 과도할 만큼 둔감한 성격이라는 게 미안할 따름이지만, 그래도 삼촌의 기대에는 부응하고 싶었다. 앞으로 여행하게 될 바다 저편을 바라보았다. 삼촌과 내가 있는 이 지역은 큰 섬 몇 개와 작은 섬 수천 개로 이루어진 섬나라였다.

"참, 우리 말고 다른 동료는 없나요?"

"글쎄, 적어도 이 일대는 너와 내가 담당이다. 전 세계를 말하는 거라면 나는 그들과 연락을 취할 수가 없으니 알 도리가 없고."

무성의하기 그지없는 시스템이다. 납득하지 못하는 나를 보며 삼촌은 어깨를 으쓱했다.

"그러니까 말했잖으냐. 지구는 정말 아무래도 상관없는 행성이라고 말이다."

아스팔트길에서 벗어나 포장하지 않은 비탈길을 올랐다. 공중에서 포개진 키 작은 나무들과 열대 식물이 복작거리는 터널은 비밀의 세계로 이어지는 입구 같아서, 내가 은근히 좋아하는 장소였다. 곧 통나무집이 보이려나 싶을 즈음, 문득 발치를 보니 배수로 가장자리에 떨어진 갈색 덩어리가 보였다. 가까이 가서 살펴보았다. 꼭 감은 눈, 작은 부리, 파르르 떨리는 젖은 깃털. 꼬물꼬물 움직이는 그것은 생명체였다.

"참새 새끼로군. 둥지에서 떨어져 어미 새한테 버림받은 거겠지."

삼촌은 그렇게 설명하고 다시 성큼성큼 걸음을 옮겼다. 나는 멀어져가는 그 뒷모습과 약해진 아기 새를 번갈아보다가 외쳤다.

"삼촌, 나 얘 키우고 싶어."

"넌 아직 네 앞가림하기도 벅차다만."

"이것도 경험이잖아. 부탁이야. 잘 돌볼게, 응?"

삼촌의 미간에 있는 주름이 한층 깊어지는가 싶더니, 마음대로 하라는 말만 남기고 현관으로 모습을 감추었다. 나는 아기 새를 감싸 들고 서둘러 집으로 향했다. 얼른 이 아이를 따뜻하게 해줘야지.

아기 새를 키우기에 앞서 나는 삼촌과 약속을 했다.

관측자에게 필요한 학습을 소홀히 하지 않을 것.

혼자 알아서 보살필 것.

종이 박스를 꺼내와 새집을 만들기 시작했지만, 삼촌은 거들떠 보지도 않았다.

"삼촌은 삐요가 싫어?"

"삐요? 그게 뭐지?"

"얘 이름."

"이름은 그렇게 간단히 붙이는 게 아니다."

"그렇다고 참새라고 부를 순 없잖아."

집이 완성되기를 기다리던 삐요가 담요 위에서 힘차게 울었다. 삼촌은 부스럭부스럭 신문을 펼쳐들며 퉁명스럽게 대꾸했다.

"딱히 아기 새를 싫어하는 건 아니야. 나하고는 상관없을 뿐이지."

"삼촌, 매정해."

"그래도 괜찮다고 한 사람은 너다."

삼촌은 찌푸린 얼굴을 TV 편성표로 가렸다. 슈퍼에서 본 아이를 흉내 내, 나는 삼촌을 향해 뾰로통하게 볼을 부풀렸다.

아기 새를 돌보려니 생각보다 신경 쓸 일이 많았다. 배가 고프면 금방 약해져서, 나는 매일 아침 여섯 시에 일어나 한 시간 간격으로 이유식을 챙겨 먹였다. 기운이 없을 때는 보금자리 위에 담요를 덮고 전기스탠드를 켜서 따뜻하게 해주었다. 밤이 오면 그 불빛으로 책을 보며 시간을 보내기도 했다.

삐요와 함께 사는 데도 조금씩 익숙해져가던 어느 날이었다. 나는 폭풍우로 나뭇가지와 잎사귀가 어지럽게 널린 현관 앞을 청소한 다음, 점심 준비를 시작했다. 물을 끓이는 동안 삐요 줄 먹이도 만들어놔야겠다고 생각하며 냉장고를 연 후에야 비로소 캔 사료가 없다는 사실을 깨달았다.

"아차."

영양이 풍부한 데다 무엇보다도 삐요가 맛있게 먹길래 가끔 모이에 섞어주고는 했는데, 지난주에 다 써버린 모양이었다. 미안하다고 사과하면서 삐요에게 일반 모이를 주었다. 서재에서 나온 삼촌과 소면을 먹다가 용기를 내어 물어보았다.

"삼촌, 나 혼자 장보러 가도 돼?"

젓가락을 뻗다 만 삼촌이 말없이 고개를 끄덕였다. 그릇을 싱크대에 담그고 설레는 마음으로 돈을 받아들었다. 아무쪼록 조심해서 다녀오라고 신신당부하는 목소리에 네! 하고 씩씩하게 대답했다.

그리하여 나는 난생 처음 혼자 바깥세상으로 가는 첫걸음을 내딛었다.

물웅덩이에 거꾸로 된 푸른 하늘이 비쳤고, 잎사귀 끝에 맺힌 이슬은 무지개 색으로 빛났다. 비 갠 마을 풍경은 산뜻했다. 활기를 되찾은 매미들의 합창을 들으며, 나는 힘찬 발걸음으로 슈퍼로 향했다.

"안녕하세요!"

"어머, 오늘은 혼자 왔네?"

"네! 새 모이 사러 왔어요. 그리고 뭔가 물 좋은 생선 없나요? 저녁 반찬을 뭐로 할지 고민 중이거든요."

점원 아주머니는 어쩐지 놀란 표정으로 굳어 있었다.

"왜 그러세요?"

"……아, 미안해. 아무것도 아니야. 평소에는 별로 말수가 많지 않길래, 얌전한 성격인 줄만 알았거든."

늘 삼촌 뒤를 졸졸 따라다니기만 했으니 그렇게 비쳤을지도 모른다.

"어디 보자, 오늘은 황다랑어가 괜찮아 보이네."

그래도 친절하게 웃으며 대답해주는 아주머니의 모습에 내 입꼬리도 저절로 올라갔다.

"아참, 점장님이 너무 많이 주문하는 바람에 남아도는 빵이 있어. 나중에 덤으로 끼워줄게."

"정말요? 감사합니다."

"저기, 좀 물어보고 싶은 게 있는데. 글쎄 우리 아들이 갑자기 음악을 하겠다지 뭐니?"

"그래요?"

"그래서 남편이랑 다퉜거든. 넌 어떻게 생각해? 이 섬에는 우리 애 또래의 여자애가 별로 없으니까 한번 물어보고 싶어서. 난 그냥 원하는 대로 하게 해주고 싶은데……."

일상적인 잡담을 나누는 사이 산더미처럼 쌓인 덤으로 앞이 안 보일 지경이 되어 돌아온 나를 삼촌은 놀란 얼굴로 맞이했다. 처음 보는 그 표정에 나는 조금 으쓱해졌다.

그날 이후로 나는 기록 장치를 챙겨 들고 섬을 탐험하게 되었다. 산속에 있는 사당이나 절벽 밑에 핀 들꽃처럼 조금만 돌아다녀도 새로운 것이 잔뜩 눈에 띄었다. 보고 싶다, 알고 싶다. 끝없이 솟구치는 욕구에 이끌려 나는 발길 닿는 대로 사방을 누볐다.

"요새 유난히 활동적이로군."

"응, 재미있으니까."

창가에서 동그랗게 몸을 부풀린 채 졸고 있는 삐요를 겨누면서 "카메라" 셔터를 눌렀다. 아직 잘 찍지는 못하지만, 풍경이 실물로 내 손에 남는 필름 사진이 좋았다. 하루가 다르게 성장해가는 삐요는 어느새 깃털도 가지런히 돋아나, 이제는 방 안을 이리저리 휘젓고 다닐 정도가 되었다.

"각오는 된 거냐?"

"무슨 각오?"

"아기 새는 슬슬 둥지를 떠날 시기다. 그러면 너하고는 만날 수 없게 되지."

삼촌의 말에 삐요가 날아올랐다. 그리고 관엽식물 사이를 빠져나가 비틀비틀 U턴을 해서 내 어깨에 내려앉더니 자랑스럽게 날개를 파닥였다. 나는 삐요를 마주보았다.

"괜찮아, 슬프지 않아."

우리는 알지 못하는 풍경을 보러 가는 것이다. 그 때문에 헤어져야 한다면 이별을 두려워할 이유는 없다.

"삼촌, 삐요가 독립하면 같이 출발해도 될까? 나도 그동안 다양한 경험을 쌓았으니까. 이제 혼자서도 잘 해낼 수 있어."

"……그래."

천천히 고개를 끄덕인 삼촌은 오랜만에 저녁상을 차려주었다. 마침내 허락이 떨어진 모험에 나는 부푼 가슴으로 침대에 누워 흥분 상태로 잠이 들었다.

이튿날 아침, 여느 때와 마찬가지로 여섯 시에 눈을 떴다. 삼촌 집에서 살기 시작한 지 딱 두 달째 되는 날이었다.

"안녕, 삐요."

선반 위로 옮겨놓은 새집을 향해 인사를 건넸다. 부엌에서 잡곡 쌀을 조금 퍼 와서 새집 앞에 뿌려주었다. 그러면 삐요는 항상 활기차게 고개를 내밀고는 했다.

그런데 그날은 어찌된 영문인지 반응이 없었다. 까치발을 들고 들여다보니 그 안은 텅 비어 있었다. 나는 온 집안의 가구를 들쑤시고 다녔다. 시끄러운 소리에 일어난 삼촌은 내 설명을 듣고 씁쓸한 표정을 지었다.

그렇게 얼마나 오랫동안 찾아 다녔을까. 거실 소파 뒤에서 싸늘하게 식은 삐요를 발견했다. 그것이 "죽음"이라는 사실을 받아들이기까지는 상당한 시간이 걸렸다.

삼촌의 알코올램프 불빛을 따라서 한밤의 해변으로 나왔다. 잔

물결 이는 소리가 유난히 크게 울려 퍼지는 모래밭에 말없이 삽을 꽂았다.

"네가 아기 새에게 이름을 지어줬을 때부터 이렇게 될까봐 걱정했다."

등 뒤에서 목소리가 들려왔다.

"죽음은 평등해. 슈퍼에 진열된 닭고기도, 땅에 떨어진 매미도 생을 마쳤다는 점에서는 마찬가지야. 그렇지만 너는 이 아기 새의 죽음만을 특별히 애도하지. 그 이유는 애착이 생명에 의미를 부여했기 때문이다."

나는 묵묵히 삽질을 했다. 그렇게 해서 생겨난 지나치게 크다 싶은 구덩이에 어리고 가냘픈 그 몸을 누였다.

"의미를 지닌 생명은 네게 중요한 존재가 되고, 이윽고 네 생각과 행동을 속박하게 될 테지. 관측자인 우리에게 애착은 불필요한 감정이다. 앞으로는 남에게 과도한 관심을 갖지 말거라. 너는 무수한 사람을 만나고, 그만큼의 이별을 겪게 될 거다. 일일이 신경 썼다가는 제아무리 시간이 많아도 모자라."

삼촌에게 이끌려 바닷가를 뒤로했다. 열 발짝쯤 걷자 어둠이 무덤을 집어삼켜, 다시 뒤돌아보았을 때는 어디에 있는지조차 알 수 없었다.

그로부터 2주일이 흘렀다. 만약 삐요가 살아 있었더라면 이미 독립해서 둥지를 떠났으리라. 그러나 나는 여전히 섬에 있었다. 느긋하게 굴 때가 아니다. 내가 후임자로서 여기 온 까닭은 삼촌이 그 역할을 끝마치려 하는 상황이기 때문이다. 기능이 정지되어 연구자들 곁으로 송환되기 전에 훌륭하게 임무를 수행하는 내 모습을 보여주어 안심시키고 싶었다. 그리고 무엇보다도 마지막으로 주어진 시간을 조금이라도 오래 누릴 수 있게 해주고 싶었다.

그런 마음과는 달리 오늘도 결국 마지막 연락선을 그냥 떠나보내고 말았다. 나는 무거운 발걸음으로 비탈길을 올라 아무도 없는 서재 문을 열었다. 아침마다 집을 떠나는 나를 배웅하고 한 사람 몫의 반찬거리를 사서 집으로 돌아오면 내가 있다. 삼촌도 실망이 이만저만이 아닐 테지. 의자 위에서 무릎을 끌어안았다. 이대로 사라져버리고 싶었다.

자괴감에 시달리다 지쳐 공허한 기분으로 주위를 둘러보았다. 한쪽 벽에는 스캔을 마친 신문기사 스크랩과 엽서가 가득했다. 쭉 훑어보기만 해도 인간의 발전과 시간의 흐름을 생생하게 파악할 수 있었다.

그 격동의 나날을 삼촌은 오롯이 홀로 관측해온 것이다. 이런 내가 과연 그 후임을 맡을 수 있을까? 비틀비틀 방을 나서려다 가방이 진열장에 걸렸다. 뭔가가 후드득 바닥으로 떨어졌다.

아뿔싸. 돌아보니 방바닥에 무수한 봉투가 흩어져 있었다. 서둘러 쪼그려 앉아 하나씩 주워 드는 사이, 봉투에서 삐져나온 편지지 한 장에 시선이 꽂혔다. 종이에 적힌 동그란 글씨체에 호기심이 생겨, 무심코 쭉 읽어 내려갔다.

『요즘 자주 당신 꿈을 꿉니다. 이상하죠? 편지를 주고받았을 뿐인데 얼굴도 목소리도 말투도 상상이 가서, 꿈속에서도 그 사람이 당신임을 알 수 있었답니다. 혹여 실례가 되지 않는다면 만나 뵙고 이야기하고 싶어요. 설령 어떤 모습을 하고 있어도 그때 나는 분명 당신을 한눈에 알아볼 수 있을 테지요.』

여성이 보낸 편지였다. 삼촌으로부터 물려받지 못한 이야기였기에, 나는 황급히 다음 날짜의 편지를 찾았다.

이건 뭐지?

내가 살펴본 편지에는 전부 똑같은 감정이 담겨 있었다. 나는 모르는 감정이었다. 올곧지만 불규칙하고, 그러면서도 전하고자 하는 것은 모두 어딘가 한결같았다. 이건…….

"뭐하는 거냐?"

문 쪽에서 들려온 음성에 퍼뜩 정신이 들었을 때, 내 주위에는 편지지가 산처럼 쌓여 있었다. 막 열어보려던 마지막 한 통을 커다란 손이 낚아챘다. 그 봉투를 바라보며 깊은 한숨을 내쉰 삼촌이 체념한 기색으로 입을 열었다.

"그래, 제대로 설명해줘야겠군."

"그녀를 만난 건 40년도 더 전이야. 이곳에 배치된 지 얼마 안 되었을 때, 나는 어느 도시의 신문사에서 일했다. 밤늦은 퇴근길에 무뢰배로부터 그녀를 구해준 게 시작이었지."

덱 체어에 기대앉은 삼촌을 백열등이 비추었다. 섬에 밤의 어둠이 다가오고 있었다.

“나는 이름을 밝히지 않고 그 자리를 떠났다. 그러나 그녀는 체격만을 단서로 내가 근무하는 곳을 알아내서 편지를 보내왔어. 답장을 보내자 서신 왕래가 시작되었다. 그녀는 서쪽 지방 지주의 딸로, 이색적인 생활상을 이것저것 들려주었지.”

편지들은 하나같이 끝자락으로 갈수록 담담해졌다. 「괜찮으시면 또 답장 주세요」라는 절제된 문장에서는 그 이상의 무언가가 묻어났다.

“……이 사람의 감정은 뭐라고 부르나요?”

묻지 않고는 배길 수 없었다. 내 질문에 삼촌은 이맛살을 찌푸리고 오랫동안 침묵한 끝에 대답했다.

사랑.

그 단어가 마음속으로 파고들었다. 무척 복잡해보였건만 단 한 마디로 표현할 수 있다는 점이 의외였다.

편지를 주고받는 사이에 그 여성은 삼촌을 "좋아하게" 되었다. 글에서도 전해지는 그 선명한 감정을 삼촌은 과연 어떻게 마주했을까? 나는 기대를 품고 물었다. 하지만 삼촌은 “아무 일도 없었어.” 하고 코웃음을 치며 아까 빼앗아갔던 봉투를 내밀었다.

“읽어보도록 해라. 이게 그녀가 보낸 마지막 편지다.”

은색 스티커를 떼고 편지지를 꺼냈다. 몇 장 되지 않는 평범한 내용이었다.

『대체 우리는 그동안 몇 통의 편지를 주고받은 걸까요? 남이나 다름없는 사이인데도 지금은 당신에 대해 속속들이 알고 있는 것 같은 기분마저 듭니다. 바라건대 저뿐만 아니라 당신도 같은 심정이라면 기쁠 텐데요. 다다음 주에 찾아뵙기로 한 날이 기대되네요. 제대로 얼굴을 보고 직접 말씀드리고 싶은 것도 있으니까요』

"……이게 끝인가요? 이 사람을 만나서 대체 무슨 이야기를 한 거죠?"

"아니, 만나지 않았다."

"어째서……?"

"전쟁이 일어났으니까."

냉철한 음성이었다.

"그럴 조짐은 있었지. 하지만 실제로 현실이 되자, 이 나라는 상상을 뛰어넘는 혼란에 빠졌어. 그녀의 곁에 머물 방법은 얼마든지 있었겠지. 하지만 그 이상으로 그 상황은 인간의 생태를 기록할 둘도 없는 기회였다."

삼촌은 관측자의 사명을 다하는 길을 선택했다.

"그래도 전쟁은 끝났잖아요. 다시 만나러 가면 됐을 텐데."

"그럴 수는 없었어. 전쟁이 끝나기 엿새 전, 편지의 발신처였던 그녀의 집은 흔적조차 없이 사라졌으니까."

숨이 턱 막혔다. 서재에 있던 자료를 떠올렸다. 이 나라에 새겨진 전쟁의 기록을.

"아무리 편지를 보내도 답장은 오지 않았다. 이제는 그녀가 어디 있는지도, 생사조차도 알지 못해. 그렇지만 이제 와서는 오히려 잘된 일이 아닌가 싶다."

나를 바라보며 삼촌은 물었다.

"그녀가 살아 있고, 사는 곳을 알아냈다고 할지라도 뭘 할 수 있지? 나이를 먹지 않는 나와 수십 년 만에 재회해서, 사실은 내가 사람이 아니라는 걸 알게 되면 어떻게 생각할까? 우리는 처음부터 진정한 의미로 인간에게 깊이 관여할 수 있게끔 만들어지지 않았어."

그것은 삼촌이 현실을 살아가며 도출한 결론이었다.

"피할 수 있는 슬픔을 자청할 필요는 없다. 마음을 나누는 척만 하면 충분해. 헤어지는 순간까지 위장하면 상대방에게는 그게 진실이 되니까."

나는 말없이 봉투를 돌려주었다.

삼촌은 오늘까지 무슨 생각을 하며 살아온 걸까? 정신이 아득해지는 기분이었다.

괘종시계 소리가 들리는 침대 속에서 나는 내 앞날을 생각했다.

삼촌의 말이 옳을지도 모른다. 이별을 견뎌낼 수 없을 만큼 마음이 약하다면 처음부터 애착 따위 품지 않는 편이 낫다. 안다. 알지만, 아까 읽은 편지가 뇌리를 떠날 줄 몰랐다. 선택할 수 있는 길은 여럿 떠올랐다. 하지만 그중 어느 것도 정답은 아니라는 느낌이 들었다.

몰래 집을 빠져나왔다. 파도 소리에 이끌려 내 발걸음은 저절로 해변으로 향했다. 미지근한 바람에 흔들리는 방사림의 둔덕에 무릎을 꿇고, 살짝 눈을 감고서 두 손을 모았다.

"삐요, 난 어떡해야 할까?"

이용할 목적으로 인간과 접촉하는 것은 허무하다. 만약 그것이 올바른 관측자의 자세라면, 그 여성이 편지에 담은 "사랑"도, 삼촌의 "슬픔"도 단순한 감정 낭비가 되어버린다.

—그래도 괜찮다고 한 사람은 너다.

기억 속에서 나직한 목소리가 들려오며, 그날 손 안에서 느껴졌던 삐요의 온기가 떠올랐다. 그것이 방아쇠가 된 것처럼 흘러간 시간들이 선명하게 되살아났다.

바르르 떠는 몸을 뜬눈으로 지켜보았던 밤.

혼자 외출한 날 보았던 비 갠 후의 반짝임.

수북한 덤에 눈이 휘둥그레졌던 삼촌의 얼굴.

넋을 놓고 우두커니 서 있었던 아침의 고요함.

그 모든 것이 무의미했다고 말할 수 있을까?

"……고마워, 삐요."

사진을 꺼내 무덤에 살며시 기대어놓았다.

"잘 있어. 또 올게."

작은 소리로 인사하고 나자, 비로소 무언가 답을 찾은 느낌이 들었다.

여명이 수평선을 비추었다. 창백한 아침 햇살이 고인 부둣가에서 삼촌과 나는 출항의 시간을 기다렸다.

"마침내 떠나는군."

"응."

맑은 공기를 한껏 들이마셨다. 쓸쓸함이 이별의 순간을 덧칠해 버리기 전에 반드시 전해야 할 말이 있었다.

"있잖아, 삼촌. 역시 난 사람들과 살아보고 싶어."

변함없이 무뚝뚝한 얼굴을 보며 말을 이었다.

"삼촌 말대로 삐요를 줍지 않았더라면 이렇게 방황하지도 않았을 거야. 하지만 삐요 덕분에 새롭게 접한 것도 많아. 사람에게 깊이 관여한 끝에는 슬픔밖에 남지 않을지도 몰라. 하지만 내가 보낸 시간까지 거짓으로 만들고 싶지는 않아."

아픔을 느끼는 것은 그만큼 마음을 나누었다는 증거다.

"난 도망치고 싶지 않아. 아픔을 정면으로 받아들이고, 계속 앞으로 나아가고 싶어."

이별은 분명 단순한 헤어짐이 아닐 테니까.

앞바다로 다가오는 연락선이 보였다. 삼촌은 눈부신 듯 눈매를 부드럽게 휘었다.

"……이제 내가 더 가르칠 것은 없겠군."

가슴에 달린 포켓에서 천천히 뽑아든 편지지에 뭔가를 써서 내게로 내밀며, 삼촌은 말했다.

"마지막으로 너에게 이름을 주마."

그 종이에는 또렷한 필체로 다섯 글자가 적혀 있었다.

이게…… 내 이름?

"우리는 이미테이션이다. 아무리 열심히 흉내를 내도 사람이 되지는 못해. 하지만 그 정도로 순수한 의지를 지닌 너라면 나보다는 훨씬 먼 곳에 다다를 수 있을지도 모르지."

"……나한테 이름을 붙여줘도 돼?"

"특별대우다."

삼촌은 처음으로 웃었다. 후련해 보이는 그 표정에 가슴이 먹먹했다. 후미진 바닷가에 기적 소리가 울려 퍼졌다.

"다녀오도록 해라. 네가 옳다고 생각하는 방식을 네 손으로 직접 증명하고 와."

◆

"정말 감사합니다!"

부둣가에 댄 고깃배 끄트머리에서 뭍으로 뛰어내렸다. 선장님이 키를 돌려 U턴을 하며 손을 들어 보였다.

"조심해서 가, 아가씨!"

나는 마주 손을 흔들었다. 그날과 같은 각도로 입꼬리를 휘어 멀어져가는 어선을 배웅하고, 정든 길을 걷기 시작했다. 예상대로 삐요의 무덤은 찾을 수 없었다. 마을은 한산했고, 가면서 마주치는 사람은 전부 노인이었다.

관측은 끝났다. 교통수단이 획기적으로 발달한 덕분에 효율적으로 인간의 생태를 기록할 수 있었다. 삼촌이 다 찍지 못한 풍경도 회수하여 이 행성, 이 지역의 탐사는 무사히 종료되었다. 남은 일은 최후의 순간을 기다리는 것뿐이었다.

집 앞 풍경은 예전과 완전히 딴판이었다. 울창한 잡초를 헤치고 현관에 다다라, 거미줄을 친 복도를 지났다. 거실에 짐을 풀고, 나는 천천히 서재 문을 열었다.

"삼촌."

당연히 방에는 아무도 없었다. 물건의 배치는 미세하게 바뀌어, 내가 떠난 후에도 이곳에서 생활했음을 알 수 있었다. 관측을 끝낸 개체는 기술의 흔적을 남기지 않도록 자취를 감춘다. 삼촌은 그때 뭘 하고 있었을까? 방 안을 둘러보며 상념에 잠겨 있는데, 뒤에서 바스락 소리가 났다. 진열장 속에 내가 보낸 편지봉투가 쓰러져 있는 게 보였다.

나는 누군가를 만날 때마다 삼촌에게 편지를 써서 보내고는 했다. 어느 시점 이후의 봉투가 눈에 띄지 않는 것으로 보아 삼촌이 그때쯤 사라졌음을 알 수 있었다. 봉투를 집어든 순간, 위화감이 들었다. 낯선 갈색 편지지가 딱 하나 끼어 있었다. 받는 사람에는 삼촌 글씨로 내 이름이 적혀 있었다.

『치나미에게

이걸 내 유서라고 생각해다오.

나는 지금도 네 가치관이 다 옳다고 생각하지는 않는다. 하지만 그 순수함에 부러움을 느낀 것도 사실이지. 그래서 내 진심을 마주하기로 했다.』

편지는 계속 이어졌다.

『나는 지금부터 그녀를 만나러 간다. 어떤 결말을 맞이한다 해도 스스로에게 거짓말을 해온 나날에 종지부를 찍고 싶으니까. 인정하마. 이런저런 이유를 대며 속여 왔지만, 난 그 사람을 "연모"하고 "사랑"했다는 것을. 네 의지는 이상론에 불과해. 하지만 그 불완전함에는 기묘한 설득력이 있었다. 너는 이미테이션이면서도.』

"진짜 사람 같구나……."

깨닫고 보니 육성으로 읊조리고 있었다. 그때의 나는 순수했다. 두려움도 없었고, 오직 가능성만을 믿었다. 지금의 내 모습을 보면 과연 뭐라고 할까?

역시 가야만 한다.

밤늦게까지 집 정리를 마치고 소파에 앉아 컴퓨터를 켰다. 사진 한 장을 업로드한 다음, 5분 후에 그 이미지를 삭제했다.

일어날 리 없는 기적이다. 하지만 만약 이 소원이 이루어진다면, 달리 원하는 것은 아무것도 없다.

기도하며 눈을 감았다. 수십 년에 걸친 여정이 안락한 노곤함으로 변해 졸음을 불러왔다.

내일이 마지막이다.

내 여행은 이것으로 정말 끝을 맺는다.

side. 이토 치나미

2018-06-18

비행기가 날아올랐다. 아까 울던 바닷새보다도 까마득히 높은 곳으로. 천천히 선회해 궤도에 오를 때까지는 창밖으로 무수한 지붕이 보였다. 사람들의 삶이 점점 작아져갔다.

나는 정오 넘어 출발하는 연락선을 타고 섬을 떠났다. 유일하게 남겨놓은 카메라 파우치에서 편지를 꺼내 삼촌의 유언을 되새겼다.

역시 그날의 결의는 단순한 위선에 불과했는지도 모른다.

만들어진 존재인 내 행동은 늘 계산 하에 이루어질 터였다. 더 많은 호감을 사고 효율적으로 사람들 속에 녹아들 수 있도록 무의식적인 타산이 작용했을 게 분명했다. 어쩌면 나는 상대를 나 좋을 대로 조종했던 게 아닐까? 가식 없이 대한다고 믿었지만, 결국은 나 자신을 위해서 웃었던 게 아닐까?

어떤 슬픔도 마다하지 않겠다고 나는 맹세했다. 그러나 애착이 슬픔을 낳는 것은 떠나는 쪽뿐만이 아니다. 배웅하는 쪽도 마찬가지다.

나는 줄곧 상대방을 가장 크게 상처 입히는 길만을 택해왔는지도 모른다.

2년 반 전, 나는 내 이름의 의미를 이해했다. 삼촌은 기대했던 것이다. 이미테이션이 인간과 함께 걸어갈 수 있기를. 내가 그 꿈을 이루어주기를 바랐다는 것을 깨달은 순간, 말문이 턱 막혔다. 못난 나 자신에게 환멸을 느꼈고, 그 이후로 사람들과의 교류를 끊었다.

결국 나는 사랑이라는 감정을 마주하는 데 실패했다.

놀이터의 그네에서 나는 그를 만났다.

걱정스러워서 말을 걸어본 것뿐이었다. 하지만 그 힘없는 눈빛의 속사정을 듣는 사이, 나는 솔직히 그가 부럽다고 생각하고 말았다. 그의 고민은 내가 아무리 원해도 손에 넣을 수 없는, 사람과 함께 살아가기 위한 배려심에서 비롯되는 것이었으므로.

네 인생은 결코 회색빛이 아니야.

어떤 파트너와 어떤 인생이든 선택할 수 있어. 네 마음은 무한한 가능성(극채색)을 간직하고 있으니까.

그렇게 말해주고 싶었다.

하지만 그럴 수 없었다. 삼촌이 다다른 결말이 뇌리를 스쳐, 나는 잔인하게 상처를 주고 그의 곁을 떠나고 말았다.

그로부터 어느덧 8년이라는 시간이 흘렀다.

그런 식으로 작별을 고한 것을 나는 내내 후회했다. 바로잡을 수 있다면 얼마나 좋을까 하고 수없이 바랐다. 아마 계속 그런 생각을 했기 때문이리라. 그와 재회하게 된 것은.

풍경 기록에만 전념했던 마지막 2년은 몹시 고독했다.

누군가에게 존재를 알리고 싶어서, 외로움을 달래고 싶어서, 사이트에 사진을 올리게 되었다. 작년 10월경, 내 계정에 처음으로 메시지가 왔다. 답장을 보낼까 말까 망설인 끝에, 먼 길을 떠난 치나미를 대신해 아이라는 이름으로 꿈꿔왔던 생활을 그려나가기로 했다. 대화 상대가 그때의 소년임을 깨달은 것은 얼마 후의 일이었다.

그는 모든 것을 기억하고 있었다. 그를 과거에 묶어놓은 사람이 나임을 깨닫고, 필사적으로 스스로를 부정했다. 그런데도 그는 분노에 차 있기는커녕 고마움을 표하기까지 했다.

나는 할 말을 잃었다.

날 미워할 거라고 굳게 믿었으면서도 연락을 하고 싶어서 아이라는 이름으로 그를 기만하는 내 이기심에 진저리가 났다.

솔직하게 사과할걸 그랬어. 이게 대체 무슨 짓이람?

참을 수 없는 심정이 되어 사진을 지웠다. 나는 또다시 그를 저버렸다.

곧 착륙한다는 기내 안내방송이 흘러나왔다. 희뿌연 구름이 걷히고, 윤곽을 드러낸 시가지가 서서히 다가왔다.

그래도 아이의 계정은 없애지 못했다.

이제 와서 얼굴을 볼 낯이 없어, 다 끝이라고 생각하니 지독하게 고통스러웠다. 어디를 걷던 머릿속에는 항상 그가 있었다.

어떤 어른이 되었을지 보고 싶었다. 새를 찾아다녔던 그날처럼 함께 걸으며 이야기를 나누고 싶었다. 그리고 진심으로 사과하고 싶었다.

어느 날 깨달았다.

이 마음이 바로 사랑일지도 모른다고.

틀림없다고 과거가 말해주었다. 행복, 신뢰, 거짓말, 슬픔, 후회. 그 모든 순간이 그 두 글자 안에 담겨 있었다.

나는 완벽하지 않았다. 관측자로서도, 이미테이션으로서도.

하지만 마지막으로 한 번쯤 믿어 봐도 될까?

어쩌면 잘못된 길 끝에서 마음을 나눌 수 있을지도 모른다고.

비행기가 활주로에 내려앉았다. 조용히 착지하는 소리가 났다. 여행을 마친 은색 기체를 돌아보며 셔터를 눌렀다.

틀림없이 이게 마지막 새일 테지. 그렇게 생각하며.

2018-06-18

소설을 끝까지 읽느라 나는 수면 부족 상태로 아침을 맞이했다. 봄 코트를 걸치고 올려다본 하늘은 맑아서, 거리 풍경이 먼 곳까지 또렷하게 보였다.

개찰구를 지나 출발 대기 중인 신칸센에 올라탔다. 속도를 높이며 흘러가는 암청색 빌딩숲을 바라보는데, 카미가 전화를 걸어왔다.

"타이시, 출발했어?"

"응. 치나미는 아마 저녁때나 되어야 올 테지만."

객차 사이의 연결통로에 기대어 눈을 감았다. 타케다 씨는 그 사진에 담긴 풍경이 해질녘의 놀이터였다고 했다. 그 사람, 즉 아이이자 치나미인 그녀가 유일하게 고른 사진임을 생각하면 그 선택에는 분명히 의미가 있다.

"그래?"

카미가 몹시 겁먹은 목소리로 머뭇머뭇 말을 이었다.

"……있잖아. 이제 와서 할 소리는 아니지만, 이거 속임수는 아니겠지?"

"뭐?"

"왜냐면 일이 너무 술술 풀리잖아. 타이시 네가 연락을 주고받던 아이가 치나미고, 치나미의 동급생이 나고, 몇 분 만에 삭제된 사진이 우연히 타케다 씨의 눈에 띄다니, 그게 말이 돼? 설마 나쁜 일이 일어나지는 않겠지? 잘못된 건 아무것도 없지?"

"걱정한다고 달라질 것도 없잖아."

"그야 그렇지만……."

어차피 내게는 다른 선택의 여지가 없다. 여기서 도망쳤다가는 평생을 후회할 게 뻔하니까. 절박한 기대감 속에서도 어쩐지 냉정한 내가 있었다.

“그래도 카미 널 만난 건 분명 기적적인 일이었어.”

카미가 그녀의 전화번호를 알지 못했더라면 모든 사건은 단순한 파편에 지나지 않았으리라. 그 조각들을 하나로 이어준 희박한 확률에 나는 감사했다. 그러나 카미는 내 말에 콧방귀를 뀌었다.

“뭐야, 그럼 치나미랑 아는 사이가 아니었으면 난 기적이 아니라는 거네?”

“……아니, 그런 말은 아닌데.”

“좀 더 딱 잘라서 부정해주면 어디 덧나?”

“미안.”

“……근데 사실 기적이냐 아니냐는 결국 그 정도 차이에 불과한지도 몰라.”

카미는 피식 웃었다.

정말 그런지도 모른다.

우리의 현재는 수많은 우연이 쌓여서 만들어진 결과물이다. 거꾸로 말하면 바로 그 우연이야말로 우리가 지금 이 자리에 있는 이유기도 하다는 뜻이겠지. 카미를 만나고 그 노래를 듣고, 사타케 씨가 있고 또 타케다 씨가 있었기에 지금이 있는 셈이다. 그 밖에 내가 모르는 사건도 많았을 테지. 그러니 우연이냐 필연이냐는 결국 상상력의 문제에 지나지 않는다.

전부 필연이고, 전부 기적이다. 운명이라고 불러도 손색이 없다.

"아무튼 난 카미 널 만나서 다행이었어."

그 말은 여러 가지 의미에서 진심이었다. 잠시 침묵이 흘렀고, "나도."라는 대답이 들려왔다. 휴대폰 너머에서 어색하게 숨을 들이쉬는 소리가 들려왔다.

"혹시 치나미랑 이야기할 기회가 생기면……."

터널을 빠져나온 열차에 정적이 흘렀다. 높이 떠오르기 시작한 아침 햇살이 어깨에 따사로이 내려앉았다.

"『여러 가지로 미안해. 그리고 고마워』라고 전해줘."

나는 약속했다. "잘 부탁해."라며 전화를 끊는 카미의 목소리는 기도하듯 따스했다.

3년 만에 찾아온 고향은 신선했다. 역 건물을 수리해서 시각표가 액정으로 바뀌었고, 도너츠 가게는 문을 닫고 편의점이 들어섰다. 낯선 빌딩에 학생들이 드나드는 모습이 보여, 예전에 다녔던 학원이 분점을 냈음을 깨달았다.

많은 것들이 조금씩 변해간다.

그리움 가운데 희미한 고독을 느끼며 본가까지 걸었다. 열쇠를 꽂아 넣자 공동 현관문이 스륵 열렸다. 엘리베이터를 타고 올라가서 복도 모퉁이를 돌아 세 번째 집. 반질반질하고 까만 그 문을 심호흡을 하고 조용히 열었다.

아직 아무도 돌아오지 않는 눈치였다. 발을 들여놓은 내 방은

꼼꼼하게 청소해놓아 깨끗했다. 아무 말도 하지 않았던 엄마의 마음이 느껴져 눈시울이 찡했다.

왜 솔직해지지 못했던 걸까?

현관문 열리는 소리가 났다. 신발만 봐도 내가 왔다는 것을 알 수 있으련만, 방문을 노크하는 소리는 들려오지 않았다. 마트 비닐봉지를 든 발소리가 거실로 사라져갔다. 나는 생각했다.

지금이라면 엄마와 마주치지 않고 떠날 수 있다.

그게 훨씬 편하다. 나는 혼자서도 살아갈 수 있다. 아예 다시는 이 집에 돌아오지 않을 수도 있다. 엄마는 최후의 선택권을 내게 양보한 것이다. 돌아올 곳을 마련해두고 줄곧 기다려왔음에도 불구하고.

나는 이상적인 아들이 아니었다. 그럼에도 인정해주는 따스함에 의지하는 것은 어리광이다.

그 사실을 알면서도 나는 거실 문을 열었다.

엄마가 있었다. 냉동식품과 우유를 냉장고에 집어넣는 중이었다.

"……어서 오렴, 타이시."

화젯거리를 찾느라 침묵하는 사이, 엄마 키가 원래 이렇게 작았던가? 하고 의아함을 느꼈다. 가마에 흰머리가 보였다. 내가 보낸 시간만큼이나, 어쩌면 그보다 더 빠르게, 부모님의 시간 역시 흘러간다는 사실을 깨달았다.

우리는 다시 한 가족이 될 수 있을까? 잃어버린 시간은 3년만이 아니다. 더 오래 전, 태어난 시점까지 거슬러 올라가야 한다. 더 이상 쓸데없는 걱정을 끼칠 수는 없었다.

"엄마, 난 이제 괜찮아."

그래? 인자하게 미소 지은 엄마가 내 손끝을 살며시 잡았다.

조금 투박한 손이었다.

다시 내 방으로 돌아와서 학생용 책상 가장 깊숙한 곳에서 봉투를 꺼냈다. 그 속에는 그날과 다름없이 미묘한 표정을 한 내가 있었다.

"잠깐 나갔다 올게."

신발 끈을 묶는데 엄마가 거실에서 고개를 내밀었다.

"저녁에 뭐 먹을래? 좋아하는 반찬 해줄게."

"으음, 그럼 햄버그스테이크."

나는 현관문을 열며 대답했다. 오랜만에 그 맛을 느껴보고 싶었다.

하늘에 주홍빛이 섞이기 시작했다. 나는 거의 뛰다시피 속도를 내어 주택가를 가로질렀다.

몇 번밖에 오간 적 없는 길인데도 내 걸음걸이에는 전혀 망설임이 없었다.

요즘은 아이들이 놀러오지 않는지, 놀이터는 무척 황량했다. 모래사장에 꽂아놓은 안내판에 따르면 놀이기구도 조만간 철거할 예정인 듯했다. 그네에서 보는 풍경이 가슴을 채워, 나는 조용히 눈을 감았다.

당시의 나는 아마도 용서받고 싶었던 것이리라. 누군가의 마음

속에 머물 곳을 얻으려면 항상 완벽해야 한다고 믿었다. 여태까지의 고뇌는 그 오해를 깨닫기 위한 과정이었던 셈이다. 스스로를 마주하는데 필요한 아픔이었다.

이제는 그 모든 것을 이해할 수 있다.

바스락 풀 밟는 소리가 났다. 애타게 기다렸던 그 인기척에 나는 확신을 품고 고개를 돌렸다.

그곳에는 한 소녀가 있었다.

카메라를 품에 안고 오도카니 서 있는, 무엇 하나 달라지지 않은 그녀가 있었다.

긴 세월이 흘러갔다. 공백이라고는 없었던 것 같은 기분마저 들어, 나는 위화감 없이 지금의 상황을 받아들였다. 그러나 그 전에 먼저 해야 할 말이 있었다.

"저는 야마우라 타이시라고 합니다."

움찔한 그녀가 마찬가지로 화답했다.

"전 이토 치나미예요."

"오랜만이네요."

"……응, 오랜만이야."

어정쩡하게 손을 들어 인사하며, 치나미는 겸연쩍은 기색으로 웃었다.

치나미는 그네에 앉아 자신이 인간이 아니라고 했다. 지상의 풍경과 인간의 감정을 관측하기 위해서 여행을 해왔던 거라며 고개를 떨구고 그네 줄을 꼭 움켜쥐었다.

"그 연구자들에게 인간은 실험대상일 뿐이야?"

"응."

"그렇구나……."

황당무계한 이야기였지만 그렇게 놀라지는 않았다. 옆에 있는 치나미가 그 말이 사실이라는 가장 명확한 증거이기 때문이기도 했지만, 애초에 나는 그녀의 정체에 큰 관심이 없었다.

"그럼 아이는 역시 치나미 너였던 거야?"

알고 싶은 것은 그 내면이었다. 내 질문에 치나미는 발치에 시선을 고정한 채로 고개를 끄덕였다.

"맞아. 내가 아이야."

"그럼 왜 사진을 지운 거야? 내가 그때 그 애라는 걸 눈치챘으면 바로 알려주지 그랬어?"

"미안해, 분명히 날 미워할 거라고 생각했거든."

"그럴 리 없잖아."

"어째서? 난 네게 모진 소리를 했고, 두 번이나 배신했는걸? 그렇게 잘해줄 이유가 없어."

치나미는 딱딱한 표정으로 입을 다물었다. 이제 와서 그게 무슨 소리야? 간절하게 바란 끝에 오늘이 찾아와서 이렇게 재회할 수 있었다는 사실 말고 우리에게 무슨 설명이 더 필요한데?

"……그런 건 중요하지 않아."

"뭐?"

"난 치나미 너랑 이야기하고 싶어서, 한 번 더 만나고 싶어서, 계속 찾아다닌 끝에 여기까지 온 거야. 그런데 개인적으로 납득이 가지 않는다고 해서 그런 식으로 다 끝내버리려고 하지 마."

완벽을 추구했던 옛날의 나와 치나미는 닮은꼴인지도 모른다.

"치나미 너를 싫어했던 애가 전해달라더라. 『여러 가지로 미안해. 그리고 고마워.』라고. 고토 후미카라고 기억해? 걔 말이야, 네 정체를 알고 처음에는 소름 끼친다고 했다? 실컷 제멋대로 굴어놓고 이제 와서 사과하다니, 걔도 참 뻔뻔하지?"

"……고토가?"

치나미가 고개를 들었다. 그 눈동자에 희미한 빛이 깃들었다.

"걔 말고도 많았어. 은인보다 회사가 중요한 사람이라든가, 환자한테 책을 쓰게 만든 사람이라든가. 열거하면 끝이 없어. 누구나 자기중심적이기는 마찬가지야."

나도 결코 자랑할 만한 처지는 못 된다.

"그래도 다 거짓말은 아니잖아? 치나미 네가 사람과 소통하고 싶다고 생각했던 거나 사진을 좋아하는 건 진짜잖아? 관측자니까 배신한 셈이라고, 그렇게 간단히 부정해버리지 마."

나이를 먹지 않는다, 사실은 인간이 아니다. 그런 것 이상으로 외면하고 싶은 자신의 약함은 무수히 많다.

그래도 우리는 기대한다.

아직 뭔가 달라질 수 있지 않을까 하고. 이상과 현실을 배회하며 언젠가 진정으로 납득할 수 있는 자신을 찾게 될 거라고, 덧없는 미래를 믿으며 살아간다.

"그럼 난 웃어도 돼?"

치나미의 목소리가 떨렸다.

"모두가 너 같지는 않을 거야. 정말로, 진심으로 나를 싫어하는 사람도 분명히 있어. 그래도 웃어도 돼? 사람들을 만날 수 있어서 행복했다고, 진심으로 그렇게 생각해도 돼?"

그래도 돼.

그렇게 고뇌하는 것 자체에 가치가 있을 테니까.

그 사실을 깨우쳐준 사람은 다름 아닌 치나미다.

"완벽하지 않아도 괜찮아. 그리고 만약 싫어하는 사람이 있다 해도 난 치나미 네가 좋아."

그래서 여기 있다.

그러니 고민하지 않기를 바란다.

"뭐가 어찌되든 너는 너잖아?"

두 손으로 얼굴을 감싼 채 무너져 내리는 치나미를 끌어안았다. 달콤한 향기와 맞닿은 몸의 온도가 느껴졌다. 조금 뜨거운, 달아오른 듯한 온기.

이것은 틀림없는 치나미의 체온이다.

비록 인간의 체온은 아닐지라도.

치나미가 내 가슴에 살포시 손을 얹었다. 그리고 닿을락 말락

한 입술로 나직하게, 편안하게 속삭였다.

"나도 좋아해."

기쁜 듯한 미소였다.

그리고 나는 깨달았다.

치나미는 사실 이렇게 웃는구나.

서로의 존재를 놓치지 않도록 우리는 내내 마주안고 있었다. 가느다란 손가락으로 팔을 쓸어내리며 부끄러운 기색으로 몸을 떼는 치나미에게 물었다.

"치나미, 아직 시간 있어?"

아직. 그 말에 내포된 의미에 치나미는 온화하게 고개를 끄덕였다.

"응. 뭐 하게?"

"가고 싶은 곳이 있어."

손을 잡고 몸을 일으켰다.

"어디?"

"많아."

치나미의 눈이 휘둥그레졌다. 나는 중학생인 내게 말했다.

잘됐다. 이번에는 약속을 지킬 수 있겠어.

그날의 메모를 보며 우리는 거리를 걸었다. 재미난 간판과 특이한 모양의 아파트, 진지하게 생각해서 적은 게 맞는지 의심스러운 날려 쓴 글씨에 쓴웃음을 지으며, 둘이서 이런저런 이야기를 나누었다.

"치나미, 그 후에는 어떤 곳을 갔어?"

"으음…… 산에도 가고 바다에도 가고, 별의별 곳을 다 돌아다녔어. 홋카이도에서 3주 정도 노숙한 적도 있고."

"뭐 재밌는 일은 없었고?"

"있었어. 진짜 깜짝 놀랄 만한 일이."

"무슨 일인데?"

"비밀이야."

"뭐야, 가르쳐줘."

"안 돼. 말 안하기로 약속했으니까."

"그래? 그럼 어쩔 수 없지."

"넌 어땠는데? 고등학교에서는 즐거운 추억도 좀 만들었어?"

"어느 정도는. 근데 아마 웬만한 건 다 아이한테 이야기했을걸? ……아, 맞다."

"응?"

"딱 하나 깜빡하고 말 안한 여자애 이야기가 있어."

"뭐?! 정말?"

"궁금해?"

"궁금해!"

"안 가르쳐주~지."

"에이, 뭐야! 못됐어!"

"하하하."

"웃지만 말고 말해달라니까!"

서로의 전부를 알기에는 남은 시간이 너무 짧았다.

그 사실을 알기에 그토록 신나게 떠들 수 있었던 거겠지.

강변의 철교 너머로 저물어가는 저녁 해를 치나미는 그 푸른 눈으로 가만히 바라보았다. 머리카락을 하늘하늘 휘날리는 그 모습에서는 여태까지의 인생 전부를 되돌아보는 느낌이 났다. 너무나도 장대하다. 그 사실에 살짝 질투를 느껴, 나는 유치한 질문을 했다.

"치나미, 그때 날 좋아했어?"

일렁이는 빛에서 시선을 떼지 않고, 치나미는 나직하게 대꾸했다.

"……음, 글쎄?"

"대개는 안 좋아할 때 그런 식으로 말을 돌리던데?"

"아이참, 놀리지 마."

치나미는 토라진 듯 볼을 부풀렸다.

그 모습은 사명을 완수한 관측자가 아니라 그저 앳된 소녀처럼 보였다.

맞잡은 손을 한시도 놓지 않고 우리는 놀이터로 돌아왔다. 석양을 올려다보며 치나미가 입을 열었다.

"매직 아워네."

금빛이 감도는 하늘에 태양은 없었다. 하지만 그림자 없는 풍경은 빛으로 가득했다.

"마지막으로 널 찍어줄게."

손가락을 풀고 거리를 벌렸다. 고개를 숙이고 카메라를 조작하는 그 뒷모습은 가냘팠다.

"타이시."

"응?"

"정말 날 만나서 다행이라고 생각해?"

고민할 필요조차 없었다.

"그럼."

"그래?"

"왜 그런 걸 물어봐?"

"내가 사라지면 네가 또 낙심하지 않을까 싶어서."

"그야 낙심하겠지."

"그렇지?"

긴 뒷머리가 흔들렸다.

"걱정이야. 내가 너한테 방해가 되는 게 아닐까 싶어서."

"쓸데없는 참견이야."

나는 말했다.

"난 치나미 네가 없어도 살아갈 거야."

"왠지 그건 그것대로 서운한데?"

치나미가 불만스러운 기색으로 나를 보았다.

그 얼굴에서는 수많은 감정이 배어나왔다. 슬픔, 안도, 불안, 기쁨. 그 모든 감정이 한꺼번에 자리하고 있었다. 무어라 정의하기 힘든 모호한 표정인데도 걷잡을 수 없이 끌렸다.

아름답다.

나는 저도 모르게 웃었다.

눈물이 아니라 환한 미소로 배웅해야만 할 것 같은 기분이 들었다.

"슬슬 작별할 시간이네."

치나미는 셔터에 살며시 손가락을 올리고 얼굴을 가렸다. 나는 그저 똑바로 렌즈를 응시했다. 그 무지갯빛이 불현듯 그리운 기억을 불러일으켰다. 풍경도 감정도 생생하게, 그날의 두근거림이 되살아났다.

치나미 역시 마찬가지였던 거겠지. 카메라 뒤에 있는 그 얼굴에 미소가 어리는 게 느껴졌다.

"넌 정말로 어른이 됐구나."

나는 깨달았다.

앞으로도 나는 틀림없이 치나미를 떠올리겠지.

거리를 걸을 때도.

하늘을 바라볼 때도.

죽고 싶어질 때도.

다른 사람을 좋아하게 됐을 때도.

그리고 언젠가 마침내 숨을 거둘 때도.

어디에도 없는 치나미가 어디에나 나타나서 훼방을 놓을 테지. 정말 그걸로 만족하냐느니 난 아니라고 본다느니 그깟 일로 죽지 말라느니 하며 참견을 일삼겠지. 빈틈을 파고들고 내 팔을 붙잡고 늘어지며 멋대로 인생의 키를 돌리려고 들겠지.

이것은 저주다.

아마도 평생 풀리지 않을 저주다.

그래도 상관없다. 그 덕분에 치나미를 느낄 수 있다면.

어차피 최종결정을 내리는 사람은 나다. 그러니 그런 망설임마저도 포용하고 나아가면 된다. 치나미는 그때 분명히 살아 있었노라고, 그렇게 끊임없이 되새기면 된다.

상실의 순간에도, 변해갈 때도, 변하지 않을 때도 항상 치나미가 곁에 있다.

그러니 조금도 외롭지 않다.

아니, 그건 거짓말이다.

역시 외롭다.

"치나미."

"응?"

치나미의 윤곽이 흐릿하게 번져갔다.

정말 들리는 게 맞는지 불안해져, 나는 외쳤다.

"사랑해."

눈앞이 새하얗게 변했다.

빛 속에서 다정한 목소리가 들려왔다.

"나도 사랑해."

영원과도 같은 긴 섬광이었다.

무지갯빛이 허공에서 춤을 추었다. 눈이 그 빛에 적응했을 때, 치나미는 이미 사라진 뒤였다.

그 대신 봉투가 한 장 떨어져 있었다. 꺼내든 사진 속에서 내가 웃었다.

뒤집어보니 뒷면에는 역시 글자가 적혀 있었다.

고마워

그렇게만 쓰여 있었다.

개체 No.06742311-2 회수.

데이터 전송 완료.

학습 데이터 회수 완료.

몸체는 C-18 구역에서 폐기 처분됩니다.

……

……

……

개체 No.06742311-1이

개체 No.06742311-2에게 남긴 메시지가 있습니다. 확인하겠습니까?

Y/N

메시지를 표시합니다.

[치나미, 네 의식을 생체(生體)로 전송해달라고 요청해두었다. 지구의 조사는 너로 끝날 테니, 작은 선물이라고 생각해라. 순전히 사적인 용도라 허가가 떨어지지 않을지도 모른다. 하지만 제대로 케어해주지도 않는 행성에서 충실하게 임무를 완수했으니 그 정도 보상은 받아도 될 테지. 총명한 연구자들이 설마 "사랑"이라

는 저급한 감정조차 모를 리는 없으리라 생각하지만 말이다. 이 메시지가 전달되었다면 아마도 그런 뜻일 거다. 축하한다]

이 메시지에 동의합니까?

Y/N

생체 베이스용 모델 데이터를 입력해주십시오. 다만 중량에는 제한이 있습니다.

입력 완료.

개체 No.06742311-2' 마스터 데이터 샘플화에 성공했습니다.
AI 본체의 뉴런을 포맷합니다.
포맷 완료.

개체 No.06742311-2' 카피 데이터 전송처를 구축 중입니다.

2022-03-21

한가로운 이른 오후의 카페에서 나는 식어가는 커피를 홀짝였다. 촬영 계획표와 노트북을 10여 분간 노려보고 나서야 마침내 또깍또깍 낭랑한 발소리가 내 앞에서 멎었다.

"안녕, 오래 기다렸어?"

카미가 손을 들어 인사하며 말했다. 롱코트에 하이웨스트 스커트 차림이었다. 예나 지금이나 패션 취향에는 큰 차이가 없는 모양이다.

"왜 이렇게 늦었어? 네가 먼저 불러내놓고. 나도 나름대로 바쁜 몸이라고."

"미안미안. 길이 막히는 바람에. 그나저나 방송국 근처 카페에서 보자고 하다니, 타이시 너도 출세했구나."

"출세 못했으니까 여기서 보자고 했지."

"아하하, 하긴. 요즘은 뭐해?"

"다큐멘터리 제작 보조. 출연자 섭외에 애먹는 중이야."

결국 나는 일 년간 취업 준비생 생활을 한 끝에 방송국에 입사했다. 불합리한 점도 많지만, 사회인의 삶은 즐거웠다. 적어도 신물이 나지 않을 만큼은.

"신기하네. 그렇게 남한테 무관심해 보이더니만."

"시끄러."

투닥거리다보니 어쩐지 옛날 생각이 났다. 카미는 아이스티를 마시며 상념에 잠긴 기색으로 창밖을 내다보았다. 추운 겨울이 지나고 새순이 움트는 계절이었다.

"우리 얼마 만에 보는 거지?"

"대충 3년 만일걸?"

졸업한 후에 우리는 자연스럽게 연락이 끊겼다. 원래 다 그런 법인지도 모른다. 나는 나대로, 카미는 카미대로 자기 인생을 살아가기 시작했으니까.

"그나저나 왜 보자고 했어?"

나는 단도직입적으로 물었다. 그렇게 오랜만에 굳이 내게 연락을 했을 정도이니 뭔가 용건이 있을 게 분명했다.

"아, 그게…… 놀라지 말고 들어."

"뭔데?"

"나 결혼해."

"뭐?!"

큰 소리를 내는 바람에 주위의 시선이 집중되었다. 고개를 움츠리는 나를 보고 카미가 웃었다.

"……정말?"

"응."

"신랑은 누군데?"

"같은 회사 두 살 많은 선배."

"잘생겼어?"

"평범 그 자체야. 체격도 평범하고 취미도 만화보기고, 평범함의 극치야."

"이번에도 거짓말은 아니지?"

"아니거든?!"

발끈한 카미가 내 볼을 꽉 꼬집었다. 사과하며 뺨을 어루만지는 사이, 카미가 한 말이 서서히 녹아들었다. 그렇구나, 그 카미가.

"그러니까 피로연에 와줘. 타이시 너한테만큼은 직접 소식을 전하고 싶었어."

쑥스러운 기색으로 카미가 고개를 수그렸다. 따스한 기운이 가슴속으로 퍼져나갔다.

"그래. 네 친구들도 한번 만나보고 싶으니까."

"잘 생각했어! 다들 이래저래 예민한 시기거든."

카미가 배시시 웃으며 입을 가렸다. 그 모습을 보니 정말 부럽다는 생각이 들어, 솔직하게 그 마음을 전했다.

"축하해, 카미."

"응, 고마워."

카미는 행복한 듯 턱을 괴고 활짝 미소 지었다.

카미가 웨딩 플래너와 약속이 잡혀 있다고 해서, 우리는 방송국까지 나란히 걸었다.

"타이시 넌 요즘 어때? 여자 친구는 생겼어?"

"아직 없어."

"아직이라니 뭐야, 뭘 어필하는 건데?"

"몰라."

"못 말려. 아무튼 너도 얼른 결혼해. 괜찮은 애들은 금방 품절되니까.”

“자기가 결혼한다고 그런…… 아.”

빌딩의 대형 전광판에서 애니메이션 예고편이 흘러나왔다. 그 소설이었다.

“맞다. 이번 주말에 지상파 TV에서 해준댔지?”

“응. 금요일 저녁 아홉시래.”

두 소녀의 일상이 아름답고 섬세하게 묘사되어간다. 나는 그 애니메이션을 극장에서 보았다. 아이와 어른 모두에게 호평 받을 만한 좋은 작품이었다.

“어쩐지 신기해. 저 둘 중 한 명이 치나미인 거잖아?”

“응.”

아무도 모르는 치나미의 이야기.

조금 특별한 그녀의 이야기.

치나미가 살아간 증거는 곳곳에 남아 있다. 내 안에도, 카미 안에도.

“어라?”

불현듯 눈에 익은 색이 시야에 들어와, 시선이 가로등으로 빨려 들어갔다.

그곳에는 새 한 마리가 앉아 있었다. 아래를 내려다보지도 먹이를 찾지도 않고 오직 한 곳, 전광판에서 흘러나오는 영상만을 뚫어지게 바라보고 있었다. 그날 치나미와 함께 찾아다녔던 새였다. 이런 시내 한복판에 나타나다니 드문 일이다.

고개를 돌린 새가 나를 보고 눈을 깜빡였다. 몇 초간 눈이 마주쳤고, 어쩐지 서로 통한 듯한 감각을 맛보았다. 가로등에서 뛰어내린 녀석이 일직선으로 날아오더니, 내 주위를 빙 돌아서 하늘로 날아올랐다. 작은 날개를 열심히 파닥여 높이높이 솟아올랐다.

"왜 그래?"

내 시선을 눈치채고 카미가 고개를 들었다. 그러나 그곳에는 이제 아무것도 없었고, 눈부신 창공만이 펼쳐져 있었다.

"아무것도 아니야."

나는 웃으며 대답하고, 머나먼 하늘 저편을 오래도록 응시했다.

그 새는 그날 보았던 것과 딱 한 군데가 달랐다.

한가운데 있는 꽁지깃 하나가 주홍색을 띠고 있었다.

일러스트/loundraw 북 디자인/하야세 마나미(THINKR)

이미테이션과 극채색의 그레이

초판 1쇄 발행 2024년 12월 20일

지은이_ loundraw
옮긴이_ 박정원

발행인_ 최원영
본부장_ 장혜경
편집장_ 김승신
편집진행_ 권세라 · 최혁수 · 김경민 · 최정민
편집디자인_ 양우연
국제업무_ 박진해 · 조은지 · 남궁명일
관리 · 영업_ 김민원 · 조은걸

펴낸곳_ (주)디앤씨미디어
등록_ 2002년 4월 25일 제20-260호
주소_ 서울시 구로구 디지털로 32길 30, 코오롱디지털타워빌란트 1301-1308호
전화_ 02-333-2513(대표)
팩시밀리_ 02-333-2514
이메일_ lnovellove@naver.com
L노벨 공식 카페_ http://cafe.naver.com/lnovel11

ISBN 979-11-278-7212-0 03830

값 15,000원